「本当……
すごいきれい……」
春雨は、まるで小さな女の子が
宝石の欠片を見つけた時のような
水槽に顔を近づけ、
中の様子に見入っていた。
紙山さんの紙袋の中には
2
Author
江ノ島アビス
Illustration
neropaso

「は……は……ははははははい！」
「まずいわね……。紙山さん……初めての試合で緊張してる……。このままじゃ、普段の実力が出せないかも……」

『み、み、見てなさい……
闇に巣食う異形の野菜たち……！
アタシと、このあーちゃんの魔法で
切り刻んでやるんだから！』
会話部の様子を見ていた三雲が、
俺の方を向き怪訝そうな顔で
問いかけた。
『ねぇ小湊くん……
普通……？』
「ごめん三雲、
俺にきかないでくれ。」

「あ、紙山ちゃんの
胸見てるでしょー、
エッチだなー小湊くんは」
突然の声にビクッとしながら
紙山さんの隣に視線をやると、
制服姿の三雲がイタズラっぽい笑顔を浮かべて
俺の視線の先を目で追っていた。
「い、いや、違うぞ……!
断じて違う!」

紙山さんの紙袋の中には 2

江ノ島アビス

HJ文庫
918

口絵・本文イラスト　neropaso

kamiyama.san.no
Kamibukuro.no
naka.niha

mokuji 2

春雨さんとお出かけ
P 7

春雨さんと水族館
P 67

春雨さんと練習試合
P 117

春雨さんと文化祭
P 163

春雨さんと友達
P 217

春雨さんとクリスマス
P 265

俺《おれ》にとっては初めての経験で、どうすればいいか分からないから知ってる人がいたら教えて欲《ほ》しいんだけど……女の子の家に行く時、どんな服を着てどんな物を持っていけばいいと思う？

普段《ふだん》通りの格好で、手土産《てみやげ》にはその子が好きそうな甘《あま》いもの？

そうだよなぁ……普通《ふつう》ならそうなのかも知れない。

俺が困ってるのは、その女の子の家に行く時にはいくつか条件があるってこと。その条件はなにかっていうと。

条件その1　彼女《かのじょ》の悩《なや》みを解消しなければならない

女の子は今、なにかにとても悩んでいて、俺は彼女の悩みを解消したいと思っている。

それは、その女の子のためでもあり、俺のためでもある。

次にふたつめの条件なんだけど。

条件その2　時刻は深夜でなければならない

真冬の深夜。街も寝《ね》静《しず》まった静かな夜。

俺は女の子の家の前で冷たい冬の風に吹《ふ》かれながら、電気の消えた彼女の部屋を見上げると深呼吸をひとつ。吐《は》いた息が白い塊《かたまり》になって暗い夜空へと昇《のぼ》っていく。

そして……最後の条件。

条件その3　誰《だれ》にも気付かれてはならない

俺がこれからやることは絶対に知られちゃいけないし、絶対にバレちゃいけない。部屋でぐっすりと眠《ねむ》っている女の子本人にだけは絶対に。

灯《あか》りの消えた家の中。

真っ暗な廊下《ろうか》を抜《ぬ》け階段を上り、その子の部屋へ。

物音をたてないよう静かにドアを開け部屋へと入ると、その子の匂《にお》いと、冬の冷たい空気が混ざり合った甘ったるいような匂い。

緊張《きんちょう》で喉《のど》はカラカラで、思わずツバを飲み込む。

俺は、今からここで——

……そんな時、俺はどんな服を着てどんな物を持っていけばいいんだろう。

これは、俺たち会話部の秋の入り口からクリスマスにかけての話であり、俺の平穏《へいおん》で平《へい》凡《ぼん》で普通な日常生活の話。

それをこれから、ゆっくり話していこうと思う。

春雨さんとお出かけ

kamiyama san no
Kamibukuro no
naka niha

■ 小湊波人《こみなとなみと》は失敗する

高い秋の空。

九月も半ばになり暑さも大分和《やわ》らいできた放課後の教室では、クラスメイト達《たち》が話に花を咲《さ》かせている。……いや、ちょっと間違《まちが》えた。

メイトとは友達の意味である。

ほとんど交流の無い彼《かれ》らを友達と言ってもいいものか迷うのだが、悲しくなってくるから今は考えるのをやめておこう。

……ともかく。クラスメイト達が会話に花を咲かせている。

これから部活に行こうとしている連中に、カバンを肩《かた》にかけ放課後の予定を相談している連中。特に用事もないのに教室に残り青春真《ま》っ只中《ただなか》という感じの実も花もない話に花を咲かせている連中。

そんな教室でひとり、俺は自分の席に腰《こし》かけ窓の外を眺《なが》めながらとある決意をしていた。

今日は――部活をサボろう！

窓の外は良く晴れた青空。秋の始まりを告げる風が教室にかけられた白いカーテンをふわりと揺《ゆ》らす。柔《やわ》らかな日差し、ぽかぽかとした陽気。

暑くも寒くもない平和で、平穏で、静かな……そんな最高の秋の放課後だった。

こんなにも最高の一日に、部活などしていては勿体《もったい》ない！

そうでなくとも、毎日毎日部活に明け暮れているのだ……たまにはいいだろう……たまには……。

このまま真《ま》っ直《す》ぐ家に帰り、昔やっていたドラマの再放送でもぼんやり眺めながらベッドに横になり特に目的もなくスマホをいじる……そんな最高に平凡で平穏でなにもないリラックスした時間を満喫《まんきつ》してしまおうかという甘い誘惑《ゆうわく》に駆《か》られていた。

よし……決めた！　俺は決めた！　今日は帰ろう！

そんな決意を胸に秘《ひ》め勢いよく立ち上がろうとした矢先、俺の頬《ほお》にぴちゃりと水滴《すいてき》がひとつぶ。

窓の外は良く晴れた秋空。秋の始まりを告げる風が教室にかけられた白いカーテンをふわりと揺らす。柔らかな日差し、ぽかぽかとした陽気。

暑くも寒くもない平和で、平穏で、静かな。そんな最高の秋の一日に雨など一滴たりとも降っていない。ならこの水滴はなんなのか。

いやもう全然分からない。分からないことにしておこう。……しておけるなら、どんなに良かったことか……。

この水滴の正体を俺は知っている。

諦《あきら》めて顔を上げると、そこには紙袋《かみぶくろ》があった。なんの変哲《へんてつ》もない無地で茶色の紙袋が俺の眼前にある……もとい、居る。

無地の紙袋は俺の前の席に座《すわ》る女子の頭部に装着されていた。彼女は頭からすっぽりと茶色の紙袋を被《かぶ》っている。顔の正面部分にはふたつ、千切り取られたような穴が開いており、そこから視界を確保しているらしい。

緊張しているのか、体をギュッと固くしたまま俺の方を向くと立ち上がった。それに合わせて俺も立ち上がり、彼女の方を向く。

改めて彼女を見上げると……デカい……。

身長は俺よりも頭ひとつ分くらい大きく、胸も、そしてお尻《しり》もバカでかい。グラビアアイドルの身長と胸とお尻だけを無理矢理《むりやり》拡大コピーしたような背格好の女子が、頭から紙袋を被り、俺の前で、俺に向かって手を振《ふ》っている。

彼女の異様な点はそれだけではなかった。

全身がびっしょりと湿《しめ》っている。

制服の上着も、スカートも。靴下《くつした》に、頭に被った紙袋までもがびっしょり濡《ぬ》れていた。

彼女は顔を……もとい紙袋をこちらの方へと向けるとぎこちなく手を振った。

「こ……こ……小湊くん……！　今日も部活……ががががんばろうね……！」

先程《さきほど》俺の頬にかかった水滴は、紙袋から跳《は》ねた彼女の汗《あせ》だった。

俺の視線の高さくらいにある彼女の大きな胸がぷるんと揺れ、紙袋がカサッと音を立てる。紙袋の裾《すそ》からはみ出した黒い髪《かみ》（当然、髪も濡れている）の先に滴《しずく》が溜《た》まり、時折ぽたりと床《ゆか》に落ちては木で出来た床の色を濃《こ》く染め上げていた。

彼女の名は紙山《かみやま》さみだれさん。

恥《は》ずかしさと、あと昔いろいろあったせいで今日も元気に紙袋を被って生活している。

超《ちょう》がつくほどの恥ずかしがり屋《や》で、緊張からいつも汗をかき全身しっとりと湿っている。

そして……俺と同じ、会話部に所属する部員である。

会話部とは平たく言うと、会話の練習を通じてコミュニケーション能力を高める部活だ……少なくとも表向きは。本当の目的はまた別にあるのだが……今はそれよりも大事なことがある！

「あ……あぁ、そう……だな。そ、そう言えば他のみんなはもう部室に行ってるのかな……アハハ……」

先程胸に秘めた決意を悟《さと》られないよう、愛想笑《あいそわら》いを浮《う》かべながら必死に策を練る。

他の部員が先に行っていれば紙山さんを先に行かせ、その隙《すき》に学校から帰ってしまうことも出来るかもしれない。

俺はその場で教室を見渡《みわた》す。

すると、こちらに向かって歩いてくる一人の女生徒の姿が視界に入った。その女生徒はにこにことした笑顔《えがお》の正統派な美少女だった。

黒い髪を真っ直ぐに伸《の》ばし、にこにことした笑顔が印象的な女の子が俺たちの方へと近寄ってくる。

「授業おつかれさまー、小湊くん、紙山さん」

会話部のもう一人の部員であり同じクラスの女子、新井陽向《あらいひなた》だ。

ただただ真っ直ぐにかわいい美少女である新井。いつもにこにこしていてクラスでも中心にいることの多い彼女は、一学期、いかにも委員長とかに推薦《すいせん》されそうなやつだと思っていたらあれよあれよという間に推薦が集まり、あっという間に委員長になってしまったという人は見かけによる系女子だ。

美少女ではあるのだが美人特有の冷たい感じはなく、いつもにこにこと笑っている笑顔の素敵《すてき》な女の子だった。

だが、俺は知っている……。新井が少し……いや、かなりおかしなことを。どうおかしいかは、まぁ、これから分かるかもしれないし、分からないかもしれない。分からない方が幸せだとも思う。

俺はにこにこと笑う新井にぎこちなく片手を上げる。

「おー……新井もこれからかー……そうか……」

ステキな秋の日を満喫するという夢は儚《はかな》い。

だけど、ここで諦めてしまって本当にいいのか？

俺の中のまだ大丈夫《だいじょうぶ》な俺が答える。

『いいはずがないだろう？』

やる気を取《と》り戻《もど》した俺は、紙山さんと新井、この二人を振り切《き》り家に帰る方法を模索《もさく》し、そして思いつく。

ちょっと腹が痛いから今日はこのまま帰らせてほしい……なんて言ったら気の良いふたりのことだ、きっと素直《すなお》に帰らせてくれるに違《ちが》いない。

――これだ！

「あ……あのさ……。実は俺……今日はちょっと腹の調子が……」

そこまで言いかけたところで今度は教室のドアがバーン！　と大きな音を立てて開いた。

ドアの向こうから女の子の大きな声。

「あーちゃん、今日も一緒《いっしょ》に部活行こうね！　そ、そ、それで、紙山さんや新井さんも誘《さそ》ってみんなで一緒に――」

教室内に残っていた生徒たちが一斉《いっせい》にドアの方を見る。

全員の視線の先、勢いよく開け放たれたドアから騒々《そうぞう》しい会話と共に現れた人影《ひとかげ》が二つ。

そのうちの一人は――魔法《まほう》少女だった。

深夜に放映されている魔法少女モノのアニメに登場する主人公の服を着た、目がキラキラして、肌《はだ》が真っ白な二次元顔負けの女子だった。ふりふりのスカートに、同じくふりふりのシャツ。手には魔法のステッキを持ち、髪の色は真っ赤。まるで二次元の世界から飛び出してきたのかと思うような魔法少女が、そこにいた。

……というか、よく見なくても二次元だった。

騒々しく現れた魔法少女は本屋さんとかに販促品《はんそくひん》として飾《かざ》ってある等身大パネルだった。

足元には車輪が取り付けられており、もう一人の女生徒に手を……というか手の部分を引かれコロコロと転がりながら教室に入ってくる。

「それでね、あーちゃん。今日の部活なんだけどなにかやりたいことある？　え？　アタシ？　んー……アタシは――」

クラス中の視線を釘付《くぎづ》けにし、あーちゃんと呼ばれた魔法少女のパネルと楽しげに会話をしながら教室に入って来た小柄《こがら》な女生徒。

やっぱり……コイツも会話部の一員である。

彼女の名は天野《あまの》春雨《はるさめ》。

あーちゃんさんと呼ばれる魔法少女の等身大パネルをいつも引き連れていて、基本的にはパネルとしかまともな会話が出来ない。パネルとの会話がまともなのかという点については、今は言及《げんきゆう》しないこととする。

身長は一五〇センチにも満たないくらいに小柄で、とても整ったかわいらしい顔立ちをしている。淡《あわ》いピンクのカーディガンをふわっと羽織り、スカートは新井や紙山さんが穿《は》いているものとは違う、赤いチェックのプリーツスカートだった。

うちの学校は服装規定がゆるく、中には他校の制服や自分で用意した好きな私服で通学している者もいる。春雨もその一人だ。

自前のスカートをこれでもかと短くし、そこから出た細い脚《あし》には黒のセパレートタイツ。頭の両サイドにくるんと束ねられた髪を弾《はず》ませながら、魔法少女のパネルと会話を展開しつつ俺たちの教室に入って来た春雨。

クラスメイトたちは突如《とつじょ》現れた闖入者《ちんにゆうしや》に唖然《あぜん》としながら一人と一枚の動向をじっと見守

っている。

　春雨はみんなの視線を一身に集めていることなどお構いなしに、魔法少女あーちゃんさんと会話をしながらこちらへ近付いてくる。

「どしたのあーちゃん……え……？　おなかが痛いって？　もー、昨日おなか出して寝《ね》てたんでしょ、仕方ないわね……大丈夫《だいじょうぶ》？　部活はできそう……？　そっか、よかった……あ、そうだ！　今日の部活は体調が悪い時の過ごし方についてのお話をしない？　あの……あの……か、か、紙山さんや……あ、あ、新井さんと……あとその他一名と一緒に」

　春雨はそう言うと、ちょっとだけ頬を赤らめながら目の端《はし》でジトッと俺を睨《にら》んだ。

　その他一名とは誰のことなんだろうな。俺のことでは断じてないはずだ。

「春雨ちゃんも授業おつかれさまー。そうだね、そういう会話も会話部の練習になるかもね」

　と、新井。

「そ……そうだね……！　私もおなかが冷えると体調を崩《くず》しがちだし……いいかもしれない……ね……」

　と、紙山さん。

　三人は笑顔……と、多分笑顔だと思われる紙袋で今日の部活について話し合っている。

ふいに紙山さんが俺に紙袋を向ける。

「そういえば小湊くん……さっきなにか言いかけてた……？　おなかがどうとか……言ってたよう……な……？」

そうだった。

今日は部活サボり計画を立てていたんだった！

「あー……えっと、実は俺もおなかが――」

そう言いかけると、春雨があーちゃんさんの方を向いたまま大きな声を出す。

「なによ、ゴミナトまでおなかが痛い時の話がしたいの？　なんだ……折角《せっかく》いい話題を思いついたと思ったのに一足遅《おそ》かったようね……。そうだ！　このまま五人で部室に行きながら話をしたらいいんじゃないかしら⁉　あーちゃんもそう思うわよね？　さ、みんな、部室に行くわよ！」

パネルまで人数にカウントするのはどうなんだという俺の疑問を余所《よそ》に、うんうんと頷《うなず》いている他二名。

春雨の掛《か》け声《ごえ》で紙山さんと新井は連れだって廊下へと出て行ってしまった。春雨も一人に遅《おく》れてあーちゃんさんの手を握《にぎ》り廊下へと出て行く。

俺は秋の日満喫計画の頓挫《とんざ》を確信しながら、部室へと向かう為《ため》しぶしぶ廊下へ出る。

でもまぁ……部活をがんばるのは、きっと無駄《むだ》じゃないよなと自分を納得《なっとく》させる。

彼女ら三人を擁《よう》する会話部の本当の目的……それは、会話の練習を通じて彼女らを少しでもまともにすることで、平穏で平凡で普通の学校生活を送りたいという俺の願いを叶《かな》えることにある。

仕方ない……いつもみたいに適当にがんばるか……。

彼女たちのために、そしてなにより俺の普通なる高校生活のために！

……そう思い楽しげに話す紙山さんたちの背中を見ながら廊下を歩いていると、俺のそばに春雨がこそっと近付いてきた。

俺と目を合わせないよう顔を思いっきり反対側に向けたまま器用にこちらの方を向かずに近付いてくる春雨。

なにがしたいのだろう。

立ち止まり様子をうかがっていると、春雨は急に背伸《せの》びをし、内緒話《ないしょばなし》でもするかのように俺の耳元に顔を近付ける。

「そ、そ、それでねあーちゃん！　今日の……ぶ、ぶ、部活なんだけど今日はアタシ……」

「内緒話するときくらいあーちゃんさんとの会話はやめろ」

「う、う、うるさいわね！　いいじゃない別に……。あ、あの……ね、ゴミナト……。えっとね……」

春雨は背伸びをしたまま俺の耳にそっと手をあてると、小さな声で囁《ささや》いた。

「あ、あ、あの、今度……ちょっと付き合ってほしいトコロがあるんだけど……。ダメ……かな……」

春雨はそう言うと、俺の顔の至近距離《きょり》でこちらを向いた。

照れているのか顔は真っ赤。よく見ると瞳《ひとみ》も少しだけうるんでいる。

恥ずかしくて仕方ない様子の春雨の顔が俺の目の前にあった。さらさらの前髪《まえがみ》がはらりと揺れ、俺の鼻先をくすぐる。

普通にしていれば可愛《かわい》らしい顔をしている春雨がこんなにも近くにいるということに俺は内心ドキリとしてしまう。

それに、こんなふうにコソコソと誘うということは……もしかしてデートの誘いだったりするのか……？　い、いや、まさかな。春雨に限ってそれはあるまい。

一瞬《いっしゅん》春雨にドキドキしてしまったことを悟られないよう、平静を装いつつ答える。

「お、おう……別にかまわないけど……」

「よかったー……。そ、そ、それじゃ……今度の日曜、四人で。ア、ア、アンタもちゃんと来なさいよね！　待ち合わせ場所は後でスマホに送っとくから……だから……お願いね……」

なんだ。てっきりデートにでも誘われたのかと思ったが、やはりそんなことは無かったらしい……と、この時は思った。

この時の俺は、もっとちゃんと春雨の言葉の意味を考えるべきだったのだ。

どういう意味かって？

待ち合わせの場所で俺を待っていたもの……それは、尻だった。

■　春雨さんは探している

春雨と約束した日曜日。

一日中ベッドでごろごろ惰眠《だみん》をむさぼっていたい衝動《しょうどう》を抑《おさ》え、俺は春雨から指定された駅へと向かう。

『駅の改札を出たところで十一時に待ち合わせ。いいわね？　遅れたり、途中《とちゅう》で殺人鬼《さつじんき》に捕《つか》まったりしたら許さないんだからね？』

と、春雨に言われたとおり。俺は遅れることもなく、殺人鬼に捕まることもなく。あと念のためゾンビや天狗《てんぐ》なんかにも注意しながら待ち合わせの場所に向かった。

紙山さんや春雨のことだ。

きっと待ち合わせ場所の周囲の人たちをドン引かせていることだろうなぁと苦笑いしながらその場に向かうと、なにやら人だかりができている。

……おかしい。

本来なら、頭に紙袋を被った紙山さんや、魔法少女のパネルに終始話《はな》し掛け続ける春雨に免疫《めんえき》のない街の人たちは、彼女らから距離を置きそっと立ち去るはず。

待ち合わせ場所の周囲だけ人がいないことを予想していたが、状況《じょうきょう》はそれの真逆だった。

待ち合わせ場所付近はまるでなにかの催《もよお》し物《もの》でもやっているかのような人だかり。

しかも、よく見ると若い男ばかり。この先でなにが起きてるんだろうか……。

ほんのりと嫌《いや》な予感を胸に抱《いだ》きつつ、人の輪を押《お》しのけ中心についた俺が見たモノ……。

それは——尻だった。

そこには、地面に四《よ》つん這《ば》いになり短いスカートを揺らしながら、自動販売機《はんばいき》の下を覗《のぞ》き込む小柄な女の子がいた。

細い脚にはセパレートタイツ。

小さなお尻をこちら側に向け、短いスカートをひらひらと揺らしている四つん這いの女の子が自動販売機の下に両手を突っ込みなにやら探していた。

そして、尻を振り乱《みだ》す女の子のすぐそばには見慣れた魔法少女の等身大パネル。

もう、顔を見なくても分かる。

あの尻、春雨だ。

アイツ……なにやってんだこんなところで。

春雨は大勢の男に注目されていることなど全く想像すらしていないといった様子で、今

も小さな尻をこちらに向け、右に左に揺らしながらなにかを懸命《けんめい》に探している。

俺は慌《あわ》てて輪の中心にいる春雨に近寄る。

「……お、おい！　ちょっとなんかうまく言えないけど凄《すご》いことになってるぞ……！」

「ちょっと待って、もう少し……。どう……？　見える……？」

だが、俺のことに気が付いてないのか、それとも相当熱中してるのか。春雨は尚《なお》も自動販売機の下に手を入れ続けている。

「いやお前……なにやってんだよ……。結構大変なことになってるけど……？」

「……どう？　この下には……ありそう……？」

俺の存在に気付いているのかいないのか。春雨は俺の方を一切《いっさい》見ないままそう言うと、尚も自動販売機の下をあさり続けている。

よっぽど大事な物でも落としたのだろうか。

だが、このまま放っておいては春雨の大事ななにかが公衆の面前に晒《さら》され続けることになる。

俺は群衆から春雨のなにかを隠《かく》すように体の位置を変えると、尻を突《つ》き出《だ》してスカートをひらひらさせている春雨に言う。

「どうしたんだよ一体。なにか落とし物でもしたか？　小銭《こぜに》がこの下の入っちゃったとか？」

「……そんなんじゃないわよ。ちょっと財布《さいふ》か困ったおばあさんを探してて……迷子でもいいんだけど……」

財布はともかく困ったおばあさん？　迷子？

全然意味が分からん。

「んー……なかなかないわね……あれ？　小湊じゃない、遅かったわね」

春雨は地面に頬をくっつけたままそう言うと、きょとんとした顔で俺の方を見た。

俺の存在にようやく気が付いたか。

なにを言ってるかいまいち分からなかったけど取り敢《あ》えずよかった。

俺はひとまず春雨に今の状況を教えてやることにした。

「あのな、いいからちょっと後ろを向いてみろ。そして自分の尻を確かめてみろ」

「え……？　あの人たちなにやってるのかしら……。アタシのおしり……？　って……きゃああああ！」

春雨はそこでようやく自分がとんでもない格好をしていることに気が付いたのか、慌てて自動販売機の下から両手を引《ひ》き抜くと、四つん這いのまま自分のスカートを押さえ始めた。

「な、なななななんでこんなコトになってるのよ！　なによ、なんなのよ！」

「そんなもん俺が聞きたい！　だいたい財布とかおばあさんとかどういう……いや、今はそんなコトいいから早く立ちあがれ！」

周囲にいた春雨の尻に見惚《みと》れていた人たちはお目当てのなにかが隠れてしまい三々五々解散していくが、春雨のパニックは収まらない。

「わ、わ、分かったわ……立つから……！　って……ちょっと、な、な、なんで立てないの？　どうなってるのよアタシ！」

そんなもん俺が聞きたいよどうなってんだよお前……。

四つん這いの体勢で尻を両手で押さえてるもんだから、なかなか立ち上がれない春雨。それでも懸命に立とうとしている春雨の姿は、差《さ》し詰《ず》め生まれたての小鹿《こじか》の様だった。野生の世界で強く生きていってくれ。

……いや、そんなことを考えている場合ではない。

俺は肩と両ひざを支点に、頬を地面に付けたまま恥ずかしさに顔を真っ赤にしてぷるぷると震《ふる》える春雨に助け船を出す。

「落ち着け、まずは両手を尻から離《はな》すんだ……そうだ……いいぞ！　その調子だ！」

「こ……こう……？　これでいい……？」

春雨の両手がゆっくりと尻から離れていく。

「そうだ、それでいい。次はそのまま手のひらを地面についてーー」

俺の誘導《ゆうどう》に従い春雨が徐々《じょじょ》に立ち上がっていくのを見ながら思う。

……俺、なにやってんだろう。

よろよろとしながらも春雨が懸命に立とうとしている姿は、やっぱり生まれたての小鹿の様で。俺は大自然の素晴《すば》らしさに感動しながら、あと、今日ここに来たことを心底後悔《こうかい》しながら、春雨をゆっくりと誘導する。

そして最後は、震える両手を握りながらなんとか生まれたての春雨を立たせることに成功した。

■　春雨さんは紹介《しょうかい》する

「み、み、見てない⁉　って言うか見てても見てなくても見てないって言って！」

両手でスカートの裾を押さえたまま、真っ赤な顔の春雨が聞いてくる。

恥ずかしさのあまり涙目《なみだめ》になってしまっているのが少しばかり可哀《かわい》そうにも思える。

「あ、ああ！　見てない！　見てないぞ！」

見たか見てないかで言うのならそりゃあもうバッチリ見てしまったのだが、ここは春雨の希望を叶えてあげよう。こういうのも優《やさ》しさだよな、多分。

「……ほ、ほ、本当に……？」

恥ずかしそうに上目づかいで聞く春雨。

自分のしでかしてしまったことがよっぽど恥ずかしかったのだろう。立ち上がった今も顔を真っ赤にしたままぶるぶると震えている。いつものように俺への軽口を叩《たた》く余裕《よゆう》もなさそうだった。まったく仕方のない奴《やつ》だ。

俺は少し考えた後、春雨を元気づけるべくいつものように軽口を返す。

「あぁ本当だ、縞模様《しまもよう》のパンツなんて俺は全然見なかった」

「そっか……それならよかっ……って！　な、な、なんでアンタが柄《がら》を知ってるのよ！　もう……絶対に殺してやるんだから！　真っ赤に焼けた針を爪《つめ》の間に差し込んでやるんだから！」

「なんだよその地味にものすごく痛そうなヤツは……」

「派手に痛いわよ！　ちょっと針とライター買ってくるからソコで待ってなさい！」

春雨はそう言うと地面に横になっていたあーちゃんさんを起こし、俺に背を向けようとしている。

ここまで立ち直れば十分だろう。

「うそうそ、冗談《じょうだん》だ。俺はなんにも見てないから。たまたま適当に言った柄が当たっただけだって」

「……冗談……なの……？　ホ、ホントに……？　ホントに見てない？」

「あぁ本当だ。随分《ずいぶん》お前が落ち込んでたからな、元気になって欲しくていつもみたいにからかっただけだ」

にこやかに笑う俺を見て、春雨は安心したのか小さな胸に手を当てて短く息を吐くと、小声でぽつりとつぶやく。

「そ、そっか……それならよかった……。ま、まぁ……見たなら見たでも別に……」

春雨も元気を取り戻してくれたようだし、俺は話題を変えることにした。

「そ、そういや、紙山さんや新井はまだ来てないのか？　待ち合わせの時間はもうとっくに過ぎてると思うけど」

時間ギリギリに来た俺があんな感じだった春雨を立ち上がらせ、こうしてなんとか落ち着かせるまでそれなりに時間がかかったはずだ。

それなのに二人とも姿が見えない。

紙山さんにしても新井にしても、時間にはきっちりしている方だと思う。そんな二人が揃《そろ》って遅刻《ちこく》などあまり考えられない。

すると、俺の言葉を聞いた春雨はきょとんとした顔で答える。

「なに言ってるの？　今日は紙山さんも新井さんも来ないわよ？」

紙山さんも新井も来ないだって？

だってコイツ、確か俺を誘うときこう言っていたじゃないか。

『それじゃ……今度の日曜、四人で。アンタもちゃんと来なさいよね！』

不思議に思った俺は質問を重ねる。

「来ない？　だってお前、四人て言ってなかったか？　俺とお前に、紙山さんに新井で四人」

俺の言葉を聞いた春雨は、俺のことをジトッと睨むとため息をつく。

「バカねぇゴミナト、もしそうなら五人じゃない。あーちゃんを忘れてるわよ」

あぁ……あーちゃんさんもひとりとしてカウントされるのか……。

でも、それなら四人のうち三人までは理解できる。理解したくないけど。

もうこうなると嫌な予感しかしない。

「俺とお前、あーちゃんさんで三人ってことは……もう一人は誰《だれ》なんだ……？」

俺の質問を聞いた春雨は、まるで今日の天気でも答えるかのように当たり前の調子で口を開いた。

「あぁそのこと？　それならほら……アレ？　どこにいっちゃったのかしら……」

そう言いながら首を左右に振る春雨。

しばらく辺りを確認《かくにん》した後、春雨は、急になにかを思い出したかのように振り返《かえ》った。

「そう言えばさっき下を見ててもらったんだった……ちょっと待っててね」

そして、さっきまで自分が両手を突っ込んでいた自動販売機の下をあさり出したかと思うと、地面との隙間《すきま》からなにかをひっぱり出した。

「ゴミナトには初めましてだったわよね。アタシの友達、キッコよ！」

春雨がそう言って俺に紹介したもの。

それは、とても残念なことに二人目の魔法少女だった。いや、二枚目……か？　もうどっちでもいいや。

ふりふりでふわっとした青いスカートに青い髪。てかてかとしたエナメル製の靴《くつ》を穿き、手にはキラキラの装飾《そうしょく》が付いた槍《やり》を持った青い魔法少女が今、俺の目の前にいる。

春雨は地面と自販機《じはんき》の隙間から取り出したソレを慣れた手つきで自分の横に立たせると、俺の方に向かって自信満々に紹介した。

誰か……知ってたら教えて欲《ほ》しい。俺、どこから突っ込めばいいと思う……？

なぜ魔法少女が増えるのか。

なぜ自動販売機の下から出てきたのか。

なぜ春雨はこんなにもアレなのか。

あまりにも謎《なぞ》が多すぎて謎が謎を呼ぶのなら、俺は助けを呼びたい。あと帰りたい。

「あー……なんというかその……えー……っと……？」

あまりの出来事に質問すら満足にできなかった。

俺の質問にもなっていない質問に、春雨はキッコと呼んだ青い魔法少女のパネルをポンとたたきながら言う。

「だから、アタシの友達のキッコよ、あーちゃんとは魔法少女仲間でもあるわね。はい、アンタの分だから」

　そう言いながらキッコさんのパネルを俺の方へと手渡《てわた》してくるではないか。

「いやちょっと待て、俺はこれをどうすればいいんだ？」

「コレとか言わないでよ失礼な男ね！　キッコもそう思うわよね……って、え？　結構タイプだって？　キッコも男を見る目がないわね……。で、で、でもまぁ？　中には？　ゴミナトがタイプっていう人もいてもおかしくないかも？　い、い、一万人に一人とか！

……そ、そ、それより、全員そろったんだしそろそろ行きま――」

「待て待て！　全然状況に付いていけないんだが。まぁ……だいたい察しはつくものの……それでも一応ひとつずつ説明してもらえるか……？」

　すると春雨はあーちゃんさんと手を繋《つな》ぎながら答える。

「ア、ア、アタシ、今日は行きたいところがあるのよ」

「あぁ、そこは問題ない」

「これからソコに付き合ってほしいな……って思って……」

「おう、それも問題ない」

「……で、でもアタシだけあーちゃんを連れてたんじゃ小湊がひとりで可哀そうじゃない？　キッコは今日予定があったのをキャンセルしてくれたみたいなんだから感謝しなさいよね！　じゃ、みんな行こっ！」

そこが大問題なんだが。

春雨はそう言うと、俺にさっと背中を向けあーちゃんさんのパネルの手を引き、両サイドにくるんと束ねた髪を弾ませながらすたすたと歩いて行ってしまった。

春雨なりの俺への気遣《きづか》いだったのか。

気持ち自体は嬉《うれ》しいのだが、でもな春雨よ。俺、ひとりで歩くの全然大丈夫ですからね……？

俺の隣《となり》には、青い魔法少女のパネルがぽつんと置いてある。

俺がコレを……失礼、この子を連れて歩く……のか？

どうしたもんか逡巡《しゅんじゅん》していると、すでに十数メートルほど先を歩いていた春雨がこちらを振り返り大きな声を出す。

「ちょっとーなにやってるのよ、早く行くわよー、キッコ、小湊ー」

まぁ、魔法少女のパネルを連れて歩くのも、魔法少女のパネルを連れた女の子を連れて歩くのも、それほど大きな差はないか……と自分を無理やり納得させた俺は春雨に片手を上げる。

「あ、あぁ……今行く……」

俺は、意を決してキッコさんのパネルを掴《つか》むと春雨の方へと歩き出した。

「あー……キッコさん……その槍……よく似合ってますね……？」

だが、キッコさんからの返事は無かった。

負けるな俺！

「あと……なんでさっき自販機の下にいたんですかね……？」

だが、キッコさんからの返事はやっぱり無かった。

ふと気が付くと、さっきまで自販機の下にいたキッコさんの顔に砂埃《すなぼこり》が付いている。

俺は無言でささっと砂埃をはたき落とすと、春雨の背中を追いかけた。

■ 春雨さんはなにかに怯《おび》える

「なぁ、いくつか質問していいか？」

「な、なによ……」

魔法少女あーちゃんさんのパネルに加え、今日は新キャラのキッコさんという名前らしき青の魔法少女（武器は槍）までいる始末。

キッコさんの手を引きながら、春雨へ話し掛ける。

「まず最初に。俺もう帰っていいか？」

春雨は、俺ではなくあーちゃんさんに向かって口を開く。

「アタシの隣を歩いている男がおかしなこと言った気がするんだけどあーちゃんは聞こえた？　聞こえないって？　そ、そうよね、気のせいよね。まさか来たばっかりで帰るなんて言うワケないわよね」

「全然気のせいじゃないぞ、帰っていいか？」

すると春雨はようやく俺の方へ顔を向けた。

「い、い、いいわけないでしょどういうつもりよ」

「だよな……。まぁ今のは冗談。で、質問なんだけど……」

俺は改めて今の状況を確認する。

あーちゃんさんはまだしも今日は俺の為にキッコさんまで連れてきて、コイツはドコに行きたいのだろう。

それに、さっき自動販売機の下を一心不乱に探《さぐ》っていたが、アレはなにをしていたのだろう。

春雨は、自販機での一件が恥《は》ずかしかったのか、それとも別の理由でもあるのか。未《いま》だに頬《ほお》を真っ赤に染めたまま、俺と並んで歩いている。

いつもはひっきりなしにあーちゃんさんに話し掛け続けている会話も今日は言葉少なだ。

俺は、黙《だま》って隣を歩く春雨の方を見ながら質問の続きを口にする。

「質問なんだけど……さっき、あんなところで四つん這いになってなに探してたんだ？自分探し？」

俺が来る前。春雨は必死に、人目もはばからず自動販売機の下を覗き込み、なにかを一生懸命《いっしょうけんめい》に探している様子だった。財布がどうとか言っていたが、仮に自分の財布を自販機の下に落としたのならこんなにアッサリ諦《あきら》めていいはずがない。

それにおばあさんがどうとかも言っていたが……。

俺が投げた軽口に、春雨はこれまたいつものように怒《おこ》りながら返してくるものだと俺は思っていた。だが。返ってきた反応は、俺の想像とは真逆だった。

「……ね、ねぇ小湊。……あの……アタシ……大丈夫……かな……」

そう言いながら俺の方を見上げる春雨の顔は真剣《しんけん》だった。

真剣で、そして、どこか不安そうな。そんな表情でこちらをじっと見つめる。

魔法少女のパネルを連れ歩き、そのパネルに話し掛け、自販機の下に両手を突っ込んだまま尻《しり》を振《ふ》る女子高生など大丈夫であるはずもないのだが、どうもそんなことを言っていい雰囲気《ふんいき》では無いように思えた。

普段《ふだん》俺に見せる勝ち気な態度も今は鳴りを潜《ひそ》め、かわりに、その真剣なまなざしには不安が混じっているように見えた。

人間なら誰しも不安なことのひとつやふたつあるものだ。だが、不安になったことと、さっきの行動とが俺の中ではつながらない。

質問の意図が分からなかった俺は真《ま》っ直《す》ぐに疑問をぶつけてみる。

「大丈夫ってどういう意味だ？　さっきの探し物となにか関係があるのか？」

するると春雨はすぐには答えず、どこか言葉を探しながら答える。

「うん……関係があるって言えばあるし……ないって言えばないの……かも……。で、でも、出来ることはやっておきたくて……」

「すまんが全然意味が分からん」

春雨は俺から顔を逸《そ》らすと、あーちゃんさんの方を向いたまま俺への言葉を発する。

「あ、あ、あのね……。アタシ……いいことがしたいなって……思って……。そ、そ、それで、困っている人を探してたら、いつの間にかあんなことに……」

いいことだって？

『財布か困ったおばあさんを探してて……』

要するにコイツはアレか。

なにか善行をしたいと考え、道に落ちている財布を拾って届けたり、困っている老人の手助けをしようとしたりした結果がさっきの行動だったということだろうか。

「それで財布とか、困っている老人や迷子を探していたってワケか？」

春雨は尚も俺から顔を背《そむ》けたまま、コクリと小さく頷いた。

アプローチの方法が大幅《おおはば》に間違《まちが》っている気がしないでもないが、なるほど納得は出来た。

だが、ひとつの疑問が解消されると新たな疑問が湧《わ》いてくる。

「お前のやりたいことは分かった。けど……そもそもなんだっていいことがしたいんだ？」

春雨が人の感謝の気持ちを食べる妖怪《ようかい》とかでもない限り、無理矢理《むりやり》いいことをしようとする意図が俺には分からなかった。それも、あんなに夢中になってまで……。

「あ、あ、あーちゃんは……あの……えっと……。そう、今日これから行くお店ではー……。えー……っと、その……なんだっけ……」

だが、春雨は俺の質問を無視してあーちゃんさんとの会話を始めてしまった。

人と話すのが苦手でも、このあーちゃんさんとの会話だけはいつもすらすらと展開している春雨が、今は彼女《かのじょ》との会話すらこんな有様だ。

そこまで不安なことなのだろうか。

様子のおかしな春雨の隣を歩きながら俺は、一か月ほど前の出来事を思い出していた。

この夏の終わり。

紙山さんの過去の一件でひとり悶々《もんもん》と悩《なや》んでいた俺に、春雨はこう言ってくれた。

『小湊は大事な部活の仲間なんだから。それに、大事な友達なんだしさ……。小湊の問題はみんなの問題じゃない……。なにかあるなら相談してくれればいいのに。むしろ相談して欲しいのに』

この言葉がきっかけで俺はみんなに相談を持《も》ち掛け、結果、紙山さんに過去のことを話すことが出来た。いわば春雨は恩人だ。

それに、みんなで寸劇を打った時も……主に新井の火薬の量が原因ではあるのだが、春雨が扮《ふん》してくれた悪の魔法《まほう》少女の衣装をボロボロに汚《よご》してまで俺に協力してくれた。

あの日のことは俺だって感謝しているのだ。困りごとがあるのなら協力したいという気持ちもある。

だが、なにを悩んでいるか分からないのでは協力のしようもない。

俺は春雨に改めて水を向ける。

「なにか困ってるなら、俺でよければ力に……」

力になるぞ。俺がそう言い終わる前に春雨は急に足を止めると、俺の言葉を遮《さえぎ》るように大きな声を出す。

「あああ！　つ、つ、着いたわ！　ア、ア、アタシが来たかったのはココよ！　こ、この前公園で着た時に汚れちゃったから、新しいものが欲しくって……！　小湊もキッコも、い、い、行くわよ！」

顔を上げると、そこは小さな雑居ビルの階段前だった。

階段にはいたるところにアニメや漫画《まんが》のキャラポップが張り付けられており、アニメ系グッズの専門店の看板が出ている。

「そういや、この前の一件でお前の衣装汚れちゃったもんな」

「そ、そ、そうなのよ、だから新しいのが欲しくって……。さぁ、そんなところでボサッとしてないで行くわよゴミナト！　行こっ、あーちゃん！」

春雨はそう言うと器用にあーちゃんを抱《かか》えながら狭《せま》い階段を上って行ってしまった。

俺はひとつ短く息を吐《は》くと、春雨の背中を追いかけた。

階段が狭く、キッコさんの槍がひっかかって上手《うま》く上れなかったのだが、敵と戦うためには仕方がないことなのだろうと諦めた。

■ 春雨さんは雨宿りをする

「……ったく、急に降られちゃったな……。天気予報じゃ晴れだったのに……。おかげで服がびしょびしょだ……。春雨、お前は大丈夫《だいじょうぶ》か？」

慌てて飛び込んだ軒下《のきした》で真っ黒になった空を見上げる。

店を出た時には良く晴れていた秋の空も日が暮れるにしたがって徐々に暗い雲に覆《おお》われ、ぽつぽつと雨が降り始めたかと思ったら突然《とつぜん》、バケツをひっくり返したような夕立になった。

肩《かた》の辺りがびっしょりになってしまったシャツを意味もなく払《はら》いながら春雨の方を見る。

「ほ、ほ、ほんと……突然降ってきたわよね……。ア、ア、アタシも結構濡《ぬ》れちゃった……かも……。でも、買い物は終わっててよかった……」

春雨はそう言いながら手に持った荷物を濡れないようぎゅっと抱きしめている。

俺たちは足元を跳《は》ね上《あ》げる雨粒《あまつぶ》に靴を濡らされながら灰色の空を見上げた。

あの後。

俺たちは春雨が来たかったといっていたアニメグッズの専門店に入り、お目当てのあーちゃんさんの衣装を探した。

俺自身はあーちゃんさんの出てくるアニメを見たことは無かったのだが、そこそこ人気のある作品らしく店内には特設コーナーが設けられていて、探すのはそれほど苦労しなかった。

買い物中、不幸中の幸いとでも言えばいいのか、パネルを連れた俺たちを見た店員さんも店に来ていた買い物客たちも。俺たちのことをただのコアなファンだと認識《にんしき》したようで、驚愕《きょうがく》混じりの視線を向けられることはなかった。

なんであの店に一緒《いっしょ》に来たかったのかと聞いたのだが、流石《さすが》の春雨もどうも一人……いや二人か。あーちゃんと二人では入りづらかったようだ。店の客の九割は男性客だったのだからそれも仕方がないかもしれない。

それに、もともと買い物すら満足にできないヤツだったことを思い出した。

俺を連れて行くことでスムーズに買い物を済ませたかったんだろう。

魔法少女のパネルを持たされるのは後にも先にも勘弁《かんべん》なのだが、こんなことくらいならいつでも付き合うぞ、と無事買い物ができた春雨に伝えておいた。

こうして買い物を終えた俺たちは店を出て帰路につき、せっかくだからと春雨の自宅まで送ろうとしていた矢先。コイツの家まであと数分というところで急にどしゃ降りに見舞《みま》われてしまったのだ。

俺一人なら走って帰ってもよかったのだが、春雨と、あと紙で出来ている魔法少女たちを濡らすわけにもいかずどうしたもんかと困っていたら、春雨がここの軒《のき》を見つけて逃《に》げ込んだというワケだ。

重たい空からは絶え間なく激しい雨が降り続いている。

「雨……やみそうにないな……」

ポツリと呟《つぶや》いた俺に春雨が返す。

「……うん、すごい雨……。で、で、でも、たまたま雨宿りしたのがここでよかったわ……。ね、あーちゃん」

「どういう意味だ？」

春雨の言葉に俺は、雨宿りをさせてもらっているこの建物を見る。

慌てて飛び込んでしまったこの建物。普通《ふつう》の民家にしては妙《みょう》に飾《かざ》り気《け》がなく、すっきりとしている。よく見るとこの辺りの地区の集会所のようだった。

地元の人たちが集まるちょっとした公民館的なところだろうか。確かにここなら、通りすがりの俺たちがしばらく軒を借りていても文句も言われないだろう。

春雨の言葉に頷《うなず》こうとすると、春雨はなんの躊躇《ちゆうちよ》もなく入り口の引き戸を開け玄関《げんかん》で靴を脱《ぬ》ぎ、あーちゃんさんを連れたまま中へと入って行こうとしている。

いくら公的な施設《しせつ》とは言え無断で入っていいのだろうか。

慌てて春雨を呼び止める。

「お、おい春雨……。入っちゃっていいのか？」

「そこじゃ濡れちゃうから中に来なさいよ、大丈夫《だいじようぶ》だから」

そう言って春雨は俺を置いてさっさと中へと入って行ってしまった。

軒下とはいえ横殴《よこなぐ》りの激しい雨が、俺や……あとキッコさんのパネルを濡らし続けている。俺の服はじっとりと濡れていて気持ちが悪いし、キッコさんにいたってはこれ以上濡れると命に係《かか》わりそうだった。

「あ、あぁ……。でも本当に大丈夫なのか……？」

俺は恐《おそ》る恐る靴を脱ぐと、キッコさんを連れて中に入っていく。

木で出来た廊下《ろうか》を抜《ぬ》け春雨の後を追うと、なにやら奥《おく》の方から人の気配がしてくる。それに、ざわざわとした話し声に混じって春雨の声も。

中にいた人たちに話を通しているのだろうか……まさか、あの春雨が？

俺は頭に疑問符《ぎもんふ》をいくつも浮《う》かべながら廊下の先の引き戸をガラガラと開いた。

そこは、畳敷《たたみじ》きの集会スペースだった。

二十畳《じょう》くらいのガランとした和室にはいくつかの簡素なテーブルが置かれ、その上にはお茶や和菓子《わがし》が並べられている。

なにかの集まりだったのか、数人の老人たちが楽しそうに団欒《だんらん》をしているところだった。

そして——その輪の中心に春雨がいた。

春雨はあーちゃんさんに話《はな》し掛《か》けることもせず、老人たちと楽しそうに話をしているではないか。

これは夢か……。

俺の方に気が付いた春雨が、少しだけ顔を赤らめながら手招きをする。

「……ちょっと。そんなところでなにボサッと突っ立《た》ってんのよ。は、早くこっちに来なさいよ……」

「あ……あぁ……」

俺は訳も分からず、促《うなが》されるままに春雨の隣に腰《こし》を下ろす。

春雨はぶつくさと文句を言いつつも、手元にあった急須《きゅうす》やらポットやらに手を伸《の》ばしながら口を開く。

「まったく、気の利《き》かない男ね……。だからゴミナトとかキノキカナミナトとか呼ばれるっていつも言ってるじゃない」

「随分呼びにくい略し方したな……。そ、それよりこの人たちに話は通したのか？　なんでこんなに馴染《なじ》んでるんだ」

　すると、春雨のかわりに俺の疑問に答えたのはテーブルの向かいに座《すわ》っていた人のよさそうなおばあさんだった。

　優しげな顔で微笑《ほほえ》んでいるおばあさんがゆったりとした口調で話す。

「あらあら、それじゃあこの男の子がいつも春ちゃんが話してるゴミ田さんかい？」

　ゴミ田ではなくゴミナトです。あともっと言うと小湊ですよおばあちゃん。

「い、い、いつもなんか話してないわよ！　やめてよ吉田《よしだ》のおばあちゃん！」

　春雨はせわしなく手を動かしながら顔を真っ赤にして否定した。

「そうかい？　でも、この子がゴミ田さんなんだろ？　春ちゃん」

「こんな男の名前なんて憶《おぼ》えなくってていいわよ。覚えた部分の脳がそこから腐《くさ》っていくんだから、まったく……。で、はいコレ……ア、ア、アンタに……」

　俺の名前は呪《のろ》いの言葉かなにかなのだろうか。

　春雨は吉田のおばあちゃんと呼んだ老人に返事をしながら、俺の目の前になにかを差し出した。視線を下げると、そこには春雨が今しがた淹《い》れてくれたであろうお茶と、かわいらしい和菓子がひとつ。

俺は、いつもの春雨からは想像もできない手際《てぎわ》の良さや気の利き方《かた》に驚《おどろ》いてしまい、ぼんやりと礼を言うのが精いっぱいだった。

「あ、あぁ……ありがとな……」

「べ……別にアンタの為《ため》に淹れたんじゃないんだからね！　あの……そう、たまたまお茶をその空間に置きたくなっただけなんだから！　ど、ど、毒！　そう、毒を入れておいたんだから!!」

春雨は顔を赤らめると、俺からぷいっと視線を逸らし頬をふくらます。

「……なぁ春雨、この人たちは？」

「こ、こ、この人たちはアタシのご近所さんよ……。ここにいるのは近所の老人会のみなさんで……な、仲良くしてもらってるのよ……」

春雨の言葉が聞こえたのか、近くにいた老人の一人が口を開く。

「そうそう、春ちゃんはいっつもわたしらに付き合ってくれてるのよ。地域の清掃《せいそう》行事とか年寄りだけだと大変だし、ほんと助かってるの」

春雨の意外な一面に感心しつつ、俺は改めてあいさつする。

「春雨が手伝い……ですか。あ……申《もう》し遅《おく》れました、俺は小湊って言います。春雨とは部活が一緒で……」

　これには俺の隣にいたおじいさんが答えた。

「ああよく知っとるよ。よーく春ちゃんが話してるから。なんでも、殺したい男がいるからっていうのでな、あっはっは」

「いつもどんな話してるんだか……。すみません、今日はなんだかご迷惑《めいわく》かけちゃったみたいで、雨がやむまで雨宿りさせてもらってもいいでしょうか」

「いやいやそんなこと。いつまでいてもらっても構わんよ。でな、春ちゃんがあんまりにもいつもキミのことを話すもんだから、ワシらも一緒にあいであを出し合ってるんじゃ。釜《かま》で煮《に》てみたらどうかとか、斧《おの》を使ったらどうかとかな、あっはっは」

　そう言って笑うおじいさん。

　多分冗談ではあるのだろうが、釜も斧もやめてください！

　おじいさんの言葉を聞いた春雨は、顔を真っ赤にしながら否定する。

「だ、だ、だから！　こんなヤツのことなんて話してないってば！　もう……やめてよね！」

　おじいさんは、そういうことにしておこうかのう、と言いながら目を細め春雨を見ている。

俺は隣で顔を真っ赤にしている春雨にこそっと耳打ちする。

「……なぁ、この人たちの前では普通に話せるのか？」

「な、な、なに言ってるのよ、アタシはいつも普通よ！　ノーマルよ！　で、でも……そうね……。他の人よりは普通に……話せる……かな……」

照れくさそうに答える春雨を、人のよさそうな老人たちがにこにこと微笑みながら見守っている。

テーブルの向こうの吉田のおばあちゃんが柔和《にゅうわ》な笑顔《えがお》で語り掛けてきた。

「春ちゃん、そういえば先週もらったハンカチ、とっても使いやすいわよ。今日もね、こうして持ってるの」

吉田のおばあちゃんはテーブルの上に置かれた和柄のちいさな巾着《きんちゃく》の中から、一枚のハンカチを取り出し広げると春雨に見せた。

白いレースの隅《すみ》に、茶色の……お世辞にも上手とは言えないカバが刺繍《ししゅう》されたハンカチを手に嬉しそうに微笑んでいる。

「このカバの刺繍もとってもかわいらしいし。ありがとうねぇ、とっても嬉しいわ」

「気に入ってもらえてよかったわ。あ、でも、その刺繍……ねこ……なんだけど……。ご、ごめんね。もう一度ちゃんと作り直すから……」

「あらぁ、これねこちゃんだったのね。でもいいわ、これはこれでかわいいもの。私とても気に入ってるの。ありがとう春ちゃん。まさかこの年になって誕生日を祝ってもらえるとは思わなかったわ」

ここにいる人のよさそうな老人たちの反応を見る限り、春雨はちょっと変わったタイプの孫みたいな扱《あつか》いなのだろう。少なくとも、学校での春雨よりは場に溶《と》け込んでいるように見えた。

春雨にもこんな居場所があったなんて。

そう感じた俺はちょっとだけ安心した。

人付き合いが苦手で友達もロクに作れなかった春雨も、ここではなんだかんだで楽しそうじゃないか。

俺は、春雨の淹れてくれたお茶をすすり、和菓子をかじりながら春雨と老人たちとの会話を微笑ましく聞いていたが、吉田のおばあちゃんの次のセリフに耳を疑った。

「――そうそう、そういえば今日はあーちゃんだけじゃなくってキッコちゃんも一緒なのね。キッコちゃんはお久しぶりね、元気だった？　まぁそうなの、それはよかったわぁ」

突然《とつぜん》魔法《まほう》少女のパネルに話し掛ける吉田さんを見て、俺は思わずお茶を吹《ふ》き出《だ》してしまった。

「ちょ、ちょっと！　いきなりなによ！　汚《きたな》いわねゴミナト、なにやってるのよ！」

　春雨は俺のことを罵《ののし》りながらも自然にポケットからハンカチを取り出し、俺が汚してしまったテーブルを拭《ふ》いてくれている。

　吉田のおばあちゃんは尚《なお》も続ける。

「あらあら大丈夫？　え？　うんうん、いつもふたりはあんな感じなのね。魔法少女のあーちゃんがそう言うなら大丈夫そうね」

　吉田さんは静かに微笑むと、むせる俺と慌《あわ》てる春雨を交互《こうご》に見ながら目を細めている。

　それを見ていた老人たちも口々に、あーちゃんが言うならその通りなんじゃろう、とか、キッコちゃんもこっちに来てお茶でも飲みなさいよ、などと言い出した。

　俺は思う。

　春雨……溶け込んでるというか、春雨ワールドが侵食《しんしょく》してないか？

　一瞬《いっしゅん》、ここの皆様《みなさま》にもあーちゃんさんたちの声が聞こえてたりするのかとも思ったが、きっと彼《かれ》らが春雨に対して底抜《そこぬ》けに優《やさ》しいだけなのだろう。

　照れながらもまんざらでもなさそうな顔で話す春雨と、それを見て微笑む老人たちの顔がそう言っているような気がした。

■春雨さんは会話をする

かれこれ三〇分は話しただろうか。

春雨はなんだかんだで楽しそうに会話をし、俺もそれに巻き込まれるように色々な話を聞かせてもらった。

まあ、その大半はいつもの春雨の様子やここでの普段《ふだん》の会話だったりして、そのたびに春雨が喚《わめ》き散らしながら俺に食《く》って掛かっては老人たちが微笑ましく見守るといった具合だったのだけど。

老人会の人たちは、それじゃあ後は若いお二人に任せて……などと言いながら帰って行き、俺と春雨はふたり、広くがらんとした和室に残された。

さっきまでわいわいとしていたこの部屋も、今は雨の音しか聞こえない。

楽しかった会話がなくなると急に静けさに包まれた気がしてしまう。外から聞こえるザアザアという雨音が、静寂《せいじゃく》を加速させているような気さえする。

いつものように軽口でも言えれば楽なのだが、俺の知らない普段の春雨を見てしまったことで、今ここでいつもみたいな軽口を春雨にぶつけるのもなんだか気が引けて。それならなんの話をしようかとも考えたのだが特になにも思《おも》い浮かばず。

静かな和室でそわそわと、見なくてもいい窓の外を眺《なが》めながら精一杯《せいいっぱい》気の利いたセリフを考えた挙句、口から出た言葉は次の通りだった。

「あー……。雨、やまないなあ……」

ふと春雨の方を見ると、テーブルの上の湯飲みなんかをせっせと慣れた手つきで片づけていた。

「あ……お、俺《おれ》も手伝うよ」

そう言いながら立ち上がりかけた俺に、お盆《ぼん》の上に湯飲みを重ねながら春雨が言う。

「いいわよ、そこで座ってて。今日は疲《つか》れちゃったでしょ。アタシはあの人たちのこと知ってるけど、小湊にとっては初対面だもん。うん……。初対面の人と話すのって……大変だもんね……」

そう言って一瞬だけ顔を曇《くも》らせた気がしたが、春雨はすぐにニコッと自然な表情で笑うと、使い終わった食器をまとめて立ち上がった。

「お……おう……ありがと……な」

廊下に消えていく春雨の背中を見ながらぎこちなくお礼を言う。

パタパタと廊下を歩く小さな足音が一旦《いったん》向こうの方へと遠ざかり、カチャカチャと食器を洗う音が聞こえたかと思うと、やがてこちらに戻《もど》ってくる。

「はい、洗いもの終わりっと……。それにしても、あの人たちも元気よね」

そう言って俺の隣に腰を下ろしながら、ふーっとため息をつく春雨だったが、その顔はどこか嬉しそうだった。

いつもみたいに変な肩肘《かたひじ》を張らず春雨がこうして自然体で話せているのは、さっきまでの余韻《よいん》が残っているからなのかな。

「ああ、本当に元気だったな……。話してるとどっちが若者でどっちが老人か分からなくなったよ」

「ホントにね。あのね、小湊……今日はなんだかごめんね。せっかく買い物に付き合ってもらったのに雨に降られちゃったし、見ず知らずの人たちともお話しさせちゃったし……」

そう言ってすまなそうに謝《あやま》る春雨に、俺は笑顔で返す。

「雨はお前のせいじゃないし……それに、楽しかったよ。お前が普段どんな感じなのかも見れたしな」

すると春雨は僅《わず》かに顔を赤らめる。

「ふ、ふ、普段のって……アタシはいつも普段通りよ！　ねえあーちゃん？」

そう言いながらあーちゃんさんのパネルに話し掛ける春雨に思わず笑ってしまった。

「まぁ、そういうことにしておくか」

「そういうことじゃなくって、事実そうなんだから！」

顔を真っ赤にしてプイッとそっぽを向く春雨も、いつもより柔《やわ》らかな表情をしているように見える。ふんわりとして、自然な笑顔。

こんな春雨とふたり、落ち着いて話すのも悪くない。そう思い始めていた。

それに……。

「そういや吉田のおばあちゃん、ハンカチ喜んでたな。俺の隣に座ってたおじいちゃんにはよく肩をもんであげたりしてるんだって？　お前、結構いい子じゃないか」

そう言いながら春雨の方を向くと、さっきまで自然な笑顔だった春雨が急に真顔になり、なにかを真剣に考えるような、なにか大事なことを急に思い出したような深刻な表情になってしまった。

俺、なにかおかしなことを言ったかな……。

不安になり春雨に確かめる。

「……どうした？　俺、なにか変なこと言ったか？」

すると、春雨は真剣な顔で、本日二回目のセリフを俺に言う。

「ね……ねえ小湊……。あの、アタシ……大丈夫かな？　いい子……かな……」

さっき買い物に行く前もこんなことを言っていた気がする。

自販機《じはんき》の下に手を突っ込みながら尻を振るという奇行《きこう》を披露《ひろう》していた春雨ならともかく、ここでの春雨は大丈夫だし、それに老人たちの反応からもいい子なんじゃないかと思った俺は、春雨の真剣さに気圧《けお》されつつ答える。

「お……おう。そうだな……大丈夫だし、いい子だと思う……ぞ？」

「ホ、ホ、ホントに……？」

「ああ、本当に」

俺の言葉を聞いた春雨は、小さな胸に手をあてるとほっと息を吐き出す。

「よかったあ……」

その仕草は心底安堵《あんど》しているように見えた。

待ち合わせの時といい、今といい。春雨は一体なにを不安がっているのだろう。

「なぁ……それ、買い物前にも言っていたけど一体なにがどうしたんだ？　大丈夫とかいい子とか。なにか心配なことでもあるのか？」

窓の外からはいまだ降り続いている雨の音。

すると……春雨は少し押《お》し黙ってなにかを考えた後、俺の方を見上げる。いつもとは違《ちが》う真剣な瞳《ひとみ》の奥底《おくそこ》には、不安が隠《かく》れているように思えた。

しばらく視線が合っていたが、やがてなにかを決意したのか春雨は俺の方へと体を寄せる。

かわいらしい春雨が徐々《じょじょ》に近づいてきて、俺はなんだか気恥《きは》ずかしくなってしまい唾《つば》を飲み込む。

春雨は真剣な、それでいてどこか恥ずかしそうな顔で俺を見つめる。

「……あ、あ、あのね……。誰《だれ》にも言わない……？」

よっぽど深刻な悩みでもあるのだろうか。

「あ……あぁ、約束する。で、どうした？」

春雨は俺の耳の傍《そば》に顔を近付けたかと思うと、意を決したように小さく息を吸い込む。

春雨の吐息《といき》が俺の耳にかかる。

「あ、あ、あのね……じ、実はね、アタシのところには……去年……こ……こ……来なかったのよ……」

「来なかった……って、なにが来なかったんだ？」

「ど、どうせアンタのところにはちゃんと来たんでしょ……？　アンタ、案外いい奴《やつ》だし……。だから、今年こそは……アタシ……がんばらなきゃって……思って……」

「んー……イマイチよく分からないんだけど……だから、なにが来なかったっていうんだ？」

「だ……だから……その……去年、アタシのところに――――」

だが、この先の言葉が俺の耳に届くことは無かった。

かわりに、玄関《げんかん》のドアが開くガラガラという音とともに、さっきまで聞いていた声が聞こえてくる。

「春ちゃんーまだいるー？　この雨しばらくやまないみたいだから傘《かさ》持ってきたわよ。玄関に置いておくから使ってね、じゃあねー」

吉田のおばあちゃんは玄関先でそう言うと、再び玄関をガラガラと閉めて出て行った。

――同時に、俺の耳に激痛が走る。

「痛《い》ッた！　な、なんだなんだ⁉」

慌てて横に視線をやると、そこには俺の耳にかみつく春雨がいた。

どうやら、口を開き耳打ちしようとしたところで驚いてしまった結果、急にその口を閉じようとして俺の耳にかみついてしまったらしい。

「ひょっほほひははほ！　ほの耳、なんでふぁみふはれへんのよ！　ふぁなれなふぁぃよ！」

俺の耳にかみついたまま話す春雨。

「いいからまず耳から口を離《はな》せって！」

「ふぉんなほとひったっへふぁなれないのよ！」

春雨の口が俺の耳から離れたのは、それから数分後のことだった。

「……お、俺の耳ちゃんとついてるか……？　取れてないか……？」

「だ、だ、大丈夫……ちゃんとついてるわ……。血も出てないし……。も、もしまだ痛かったらあーちゃんの治癒魔法《ちゆまほう》で治してもらう……？」

「あーちゃんさんは治癒魔法をつかうのか……。けど魔法は大丈夫……。まぁなんでもなくってよかったよ……うん……」

俺の言葉に春雨は少しだけいつもの調子を取《と》り戻す。

「そ、そうよ。あーちゃんの魔法はどんな怪我《けが》でも一瞬にして治しちゃうんだから。けどその分痛みが一気に襲《おそ》ってくるから怪我の度合いによっては痛みで発狂《はっきょう》しちゃうんだけどね。あ、あ、あの……ゴメンネ……小湊。まさかアタシ、あんなことするなんて……。突然のことでびっくりして……」

「なんだよその怖《こわ》い魔法……。ああいや……まあ、別に大丈夫だから」

春雨は俺が怒っていないことを知るとちょっとだけ安心したのか、困った顔で微笑むともう一度、ごめんね、と謝り頭を下げた。

この春雨を見て、俺にはふたつ分かったことがある。

ひとつは、あーちゃんさんはとても怖い魔法の使い手だということ。

そしてもうひとつは、春雨は今、なんらかの悩みや不安があり、それで今日の様子がおかしかったのだということ。そして、その件についてはとても言いにくい話なんだということだ。

しおらしくしている春雨を見ながら、俺はコイツの悩みを想像する。

その悩みは、春雨がなにかいいことをしなければならないなにかだ。尻を振り乱《みだ》してまで一心不乱に熱中するほどに。そこに、春雨の難儀《なんぎ》な性格を加えて考えてみる。

友達が出来ないという件ならすでに俺を含《ふく》めた会話部の面々には周知の事実だ。ここまで言いにくいことではないだろう。

それに、来なかった……か……。ダメだ、分からん。

思い当たることが多すぎる。だいたい、ひとりではまともに買いモノすらできないヤツだ。いろいろと苦労することも多いんだろう。

それでも、人目もはばからず自動販売機《はんばいき》の下を覗《のぞ》き込んだり、俺の耳にかみついたりするほど取り乱すようなこととなると……。

　足りない頭で考えたが、俺にはどうしても分からなかった。だから、もう一度素直《すなお》に春雨に聞いてみることにした。

「なあ、春雨……あのさ、さっきの話を続きなんだけど――」

　すると、俺の言葉を遮るように春雨が慌てて口を開く。

「か、か、傘貸してもらえてよかったわね！　こ、これで帰れるから、もう帰ろっか！　いつまでもここにいるわけには行かないしね……。さ、帰りましょ、あーちゃん！」

　春雨はそう言うと、わざと俺の方を見ないようにしているのか顔を背けたまま、畳に寝《ね》かされていたあーちゃんさんのパネルを立たせると、さっさと玄関の方へと行ってしまった。

　俺は、おーい待てよ、と言いながら、同じように寝かされていたキッコさんのパネルを立たせ玄関へと向かう。

　玄関には傘が四本。

　吉田さんが置いていってくれたのだろう。

　俺と春雨、それに、あーちゃんさんにキッコさんの分なのかな、コレは。

　ザアザアと降り続く大雨の中。俺たちは無言でしばらく歩き、やがて一軒の家の前で春雨が足を止めた。

キレイに手入れされた庭に明るい印象を受けるオレンジ色の外壁《がいへき》。表札には天野とある。

俺はキッコさんと繋《つな》いでいた手を離すと春雨に渡《わた》す。

二人を連れた春雨は慣れた仕草で門を開けると中へと入っていく。その背中を俺は、傘を差したまま黙《だま》って見ていた。

玄関のドアの前まで来た春雨は、傘を閉じるとこちらを振《ふ》り返《かえ》った。

「そ、その傘……明日学校に持ってきてくれればアタシの方から返しておくから……」

「ああ頼《たの》むよ、ついでにお礼も言っといてくれ。それと……あー……もし困ったことがあればいつでも言ってくれ。俺でよかったら話くらい聞くから」

春雨は今、なにかを抱えている。それを知ってしまった俺に、なにかしてやりたいという気持ちは確かにある。それでも、本人が言いたくないのなら無理に聞くのも野暮《やぼ》かもしれない。だから、今はこう伝えておくことしかできない……と思う……。多分。

春雨は俺に背を向けると玄関のドアへと手を伸ばす。

ビュウッと突風《とっぷう》が吹き、春雨の小さな背中を濡らす。

雨は止《や》むことを知らず、今もザアザアと降り続いている。

春雨はくるんと振り返ると、にこりと力なく笑った。

「あ、あ、ありがと……。でも大丈夫。別に大した問題じゃないもの……。ま、ま、また明日……学校でね」

春雨のなんとも言えない笑顔を思い出しながら俺は、雨の中を歩き家路につく。

一体この雨はいつやむのだろうと考えながら。

やまない雨など無いって言うし、やまないならやまないでいい。こうして傘を差せばいいのだから。

……それなら春雨は今、傘を持っているんだろうか……。

結局、この雨は一晩中降り続いた。

春雨さんと水族館

kamiyama san no
kamibukuro no
naka niha

■ 紙山さんは練習する

　秋も徐々に深まりつつある十月半ば。

　俺は放課後の誰もいない廊下をひとり歩いていた。

　部費の申請《しんせい》書類に不備があったとかで職員室に呼ばれ、担任から説明を受けながら書き直していたからだ。時間にして二、三〇分ほど掛かってしまい、部活にすっかり出遅《でおく》れてしまった。

　もうみんな部室にとっくに集まってるはず。

　きっと遅れたことを春雨あたりにドヤされるんだろうなぁ……。

『遅《おそ》いわよ、このオソミナト！』なんてドヤされたらなんて返してやろうなどと考えながら廊下を歩き、ようやく到着《とうちゃく》した部室のドアに手を掛けるとドアの向こう……部室の中から三人の話し声が聞こえて……いや……話し声と言うより、声援《せいえん》と言うか掛け声《ごえ》と言うか……。普通の会話とは違った声が聞こえてきて、俺はドアに手を掛けたまましばし中の様子をうかがうことにした。

「その調子よ、紙山さん！　うん、すっごくいい！　良くできたね」

「あああああありが……とう……！　私、もう一度がんばる……ね……！」

「ア、ア、アタシにはまだ見えないわよ……。新井さんもすごいわね……。で、でも、今の速さなら大丈夫なんじゃないかしら！　あーちゃんもそう思うわよね。がんばって、紙山さん！」

そして時折、ビュッ！　という空気を切《き》り裂《さ》くような音。

アイツらなにやってんだ……。

すごいはまだしも速いとか目に見えないとか、全くもって想像がつかない……が、このままここに突《つ》っ立っていても仕方がない。

手を掛けていたドアを開きながら遅れたことを謝りつつ中に入る。

中では、教室のちょうど中央付近に紙山さんが立ち、その正面に新井と春雨（と、あとあーちゃんさんのパネル）が紙山さんの方を向いて立っていた。

「すまん、部費の申請の件でちょっと遅れた……って、そんなところでなにやってんだ？」

俺が声を掛けるとみんな一斉《いっせい》にこちらの方へ顔を向けた。

新井がいつものにこにことした笑顔で口を開く。

「あ、小湊くん、遅かったね。部費申請ありがとう。今ね、紙山さんすごくがんばってるんだよ。小湊くんも一緒《いっしょ》にお願いできる？」

お願いと言われてもなにも状況《じょうきょう》が分からん。だが、新井に続き春雨も真剣《しんけん》な顔で俺にこう言って来た。

「ア、ア、アンタも一緒に付き合いなさいよね！　ちょうど猫《ねこ》かゴミナトの手も借りたいと思ってたところなのよ。か、か、紙山さん……がんばってるのよ？」

心の中でにゃーんとつぶやきつつ、イマイチ要領を得ない俺はなにを手伝えばいいのかを尋《たず》ねる。

「なにか手伝いがいるのか？　別に構わないけど、どうすればいい？」

すると、紙山さんが俺の方へ顔を……というか紙袋《かみぶくろ》を向ける。

「こ、小湊くん……あのね……今、私の練習に付き合ってもらってて……。小湊くんも一緒に見てて……くれる……？」

「練習？　見てる？　一体なんのれんし……」

俺が言い終わらないうちに隣《となり》にいた新井が口を開く。

「うーん……見てれば分かると思うから大丈夫《だいじょうぶ》よ。それじゃ紙山さん、もう一度やってみよ？　小湊くんは紙山さんの方を見ててね」

新井の言葉に紙山さんはコクリと頷くと意を決したように体をギュッと固くし、両手を自分の頭……つまりは紙袋に添《そ》える。

紙山さんのスカートからぽたりと汗《あせ》が垂れ、部室の床《ゆか》に小さな染《し》みをつくる。

新井も春雨も、真剣な顔で紙山さんの顔付近をじっと目を凝《こ》らすように見ている。

すると突然《とつぜん》。三人の雰囲気《ふんいき》が変わり、一瞬にして部室の空気が張りつめた。

……ここで俺はピンときた。これはきっと、紙山さんが紙袋を取る練習なんだ。

夏の終わりの公園での一件から、紙山さんは一度だけ俺たち三人の前で紙袋を外したものの、普段はこうして紙袋を被《かぶ》って生活している。だが、紙山さんの中で紙袋を外したいという気持ちも以前より高まっているはず。

それでこうして俺たちの前で素顔《すがお》を晒《さら》し、最終的にはいつも紙袋を取って生活できるようにするための練習をしているのだ、と。

そっか……紙山さんも紙山さんなりに考え、こうしてほんのちょっとずつかもしれないけれど前に進もうとしてるんだな。

俺は嬉《うれ》しくなり、一緒になって声援を送ることにした。

「よし分かった……俺も手伝うよ。始めてくれ！」

俺はそう言うと紙山さんの方をじっと見る。

俺と新井、春雨が真剣なまなざしで見守る中。紙山さんは頭に被った紙袋の両サイドに手を添えて恥《は》ずかしそうに震《ふる》えていたが、やがてギュッと体に力を入れるとその震えが止まる。

久しぶりに見られるかもしれない紙山さんの素顔に少しだけドキドキしながらその瞬間《しゅんかん》を待った。

……だが。

紙山さんはそこから一切《いっさい》動かず、まるで時間が静止したかのようだった。

やっぱりまだ恥ずかしいのかな？

俺が思ったその時、隣にいた新井がにこにこしながら声を掛けた。

「うんうん、すっごくいいよ。ナイスファイト！　紙山さん！」

春雨も反応する。

「新井さんすごいわね……。ア、ア、アタシ……まだ全然目が慣れなくって……」

と、目をこすりながら残念そうな春雨。

二人はなにを言ってるんだろう。紙山さんは全然動いてないじゃないか。

「……ちょっと、お前らなに言ってんだ？」

紙山さんは微動《びどう》だにしていない。ましてや紙袋など一ミリも動いていない。

それとも俺が勘違《かんちが》いしているだけで、全然別の練習だったりするんだろうか。

戸惑《とまど》いを隠せないまま俺が言うと、新井がにこにこと返す。

「あ、そっか……。それじゃ小湊くん、今度は目じゃなく意識を耳に集中しててみて？

それじゃ、紙山さん、もう一度いってみよ？」

紙山さんはコクコクと頷《うなず》くとさっきと同じように両手を紙袋に添え、そのままの姿勢で固まった。

言われるがままに意識を耳に集中する。

静まり返る教室。

固唾《かたず》を呑《の》んで見守る新井と春雨。

開け放たれた窓と、爽《さわ》やかな秋の風に揺《ゆ》れる白いカーテン。

紙山さんの紙袋の裾《すそ》からのぞく黒い髪《かみ》先に溜《た》まって行く汗の滴《しずく》だけが、静止したこの教室で動いていた。

やがてその滴は徐々にその大きさを増し、今にも落下運動を始めるかと思われた矢先
――その滴が俺の目から姿を消した。

今にも滴《したた》りそうだった汗が一瞬にして俺の視界から姿を消したのだ。

あれ？　今、一瞬時間が……とんだ……？

……と、同時に俺の頬にぴちゃりとなにかの感触《かんしょく》。そして、集中していた耳に届くさっ

き廊下《ろうか》で聞いたビュッという空気を切り裂くような音。

頬をなぞるとそこには、水滴《すいてき》が一粒《つぶ》。

まさかこれ……さっき紙山さんの髪から滴りそうだった汗……なのか……？

だとしたら一体なにが起こった……。

俺が目の前で起きた出来事を整理していると、隣の二人から歓声《かんせい》が上がる。

「やったね紙山さん！　その調子その調子！」

「す、す、すごいわね、紙山さんがんばったね！　けど、アタシにはまだ全然見えないわ……」

二人のこの反応と、一瞬にして俺の頬に瞬間移動した汗の粒……そして、空気を切り裂くような音。これはもしかして……。

「あー……紙山さん……。もしかして今……紙袋を一瞬だけ取った……？」

すると紙山さんは、もじもじと両手を体の前でくねらせながら、恥ずかしそうな声を紙袋の内側から発した。

「こ……こ……小湊くんにも……見え……た？　わ……私の……顔……」

そう言って体をくねらせる紙山さんはとっても恥ずかしそうだった。とってもとっても恥ずかしそうだった。……けどね、紙山さん。俺、動いたことすら認識《にんしき》できませんでした……。

「あ……あぃや……見えたというか……感じた……かな……」

心の目で見た的な……いや、違うな。

きっと紙山さんは俺や春雨の目には映らない速度で紙袋を一旦外し、そしてまた被るという超人的《ちょうじんてき》な動きをしていたのだろう……。

その結果、髪先にたまった汗が飛び散り、まるで瞬間移動したかのように俺には感じられたと言うワケか。ワケか……。

いや、これでも前進か……前進なのか？　前進だとしたら進む方向間違《まちが》ってないか……？

俺が呆然《ぼうぜん》としていると隣にいた春雨が残念そうにあーちゃんさんを撫《な》でる。

「や、や、やっぱりゴミナトもいきなりは無理よね……。ア、アタシだって紙山さんが動いてることを認識できるようになるまで、二〇回は掛《か》かったんだから……」

ふ、と春雨の方へと視線をやると、目が真っ赤に充血《じゅうけつ》しているではないか。

一体どれだけ集中してたんだ……。

俺は兎《うさぎ》みたいな目になっている春雨へ返事をする。

「お、おう……。お前もお前でがんばってたんだな……あとその目は大丈夫か……」

「ま……まだまだイケるわ！　全然平気よ！　で、でも、アタシにはまだあんまり見えなくって……。かろうじて動いたことが分かるくらい……。それに引《ひ》き替《か》え新井さんはすごいわね」

春雨がそう言うと、新井は顔の前で軽く両手をふりながら照れくさそうに返す。

「ううん、全然そんなことないよ。私もまだそんなにはっきりとは……。あ、でも紙山さん、さっき気付いたんだけど耳たぶにほくろがあるんだね。かわいいね、うんうん」

どんだけハッキリ見えてるんだコイツは……。

俺だって紙山さんが紙袋を克服《こくふく》して欲《ほ》しいとは思う。

紙山さん自身の為《ため》に……そして、平和で平穏《へいおん》で普通《ふつう》な俺の日常を取り戻す為に。

紙袋を取る練習をする懸命《けんめい》な紙山さんと、それに付き合う新井と春雨。春雨に至っては目をあんなにしてまで尚、文句ひとつ言わず付き合っている。

どこからどう見ても微笑《ほほえ》ましくも美しい友情を感じる場面なのに、方向性だけが絶望的に違う気がするんだがどこからどう正していけばいいものやら……。

新井は呆然とする俺を余所《よそ》に紙山さんに声を掛ける。

「よし、もう一度やってみよ！」

「まてまてまて、練習するのはいいんだけど……なんか上手《うま》く言えないが……このままだと春雨の目がさ……」

これじゃ、紙山さんの練習というより、俺や春雨の動体視力の訓練になってしまってい
る気がした。
「ちょっとゴミナト！　せっかく紙山さんが練習してるっていうのになんで邪魔《じゃま》するの
よ！　べ、べ、別にアタシの目なんかまだ大丈夫《だいじょうぶ》なんだから……！　この目に代えても紙
山さんの動きを捉《とら》えるんだから！」
そう言いながら目をこする春雨。
趣旨《しゅし》変わってるから。
このままほうっておくわけにもいかないことだけは春雨の真っ赤な目を見れば明らかだ
ったし、この練習に付き合わされたのでは俺の目もすぐに春雨と同じになってしまう。
なんとか他の方法で練習してもらいたい。春雨の為に。あと俺の視力の為に！
「んー……今の方法も悪くないけど、紙山さんは俺たちの前では一度紙袋を外してるだろ？
だから……あー……そうだな。た、例えば暗いところで外してみるとか、俺たち以外の人
もいるところで外してみるとか……そういう方が練習になるんじゃない……か……？」
自分で言っておいてアレだが暗くて人がいるところってどこだ。
自分で自分に疑問を抱《いだ》いていると、新井が両手をポンとたたく。
「言われてみれば確かにそのとおりね。暗くて人がいるところかあ……。そうだ、水族館

はどう？　今度の日曜日に水族館に行かない？　水族館なら暗いし人もたくさんいるわ」

新井がそう言うと春雨がパッと顔を輝《かがや》かせた。

「水族館⁉　行きたい行きたい！　ねぇ、あーちゃんもそう思うわよね？　え？　イ、イ、イルカショーがやってるところがいいって？」

春雨は花が咲《さ》いたような笑顔《えがお》であーちゃんさんのパネルへ向かって何度も頷いている。

ふと紙山さんの方を見ると、びっしょりに濡《ぬ》れた紙袋を何度も縦に振りながら、この新井の提案を嬉しそうに肯定《こうてい》している。

三人はすでにまだ見ぬ水族館へと思いを馳《は》せている様子だった。

日曜日に水族館か……。

正直、休みの日まで部活など面倒《めんどう》なことこの上ないんだが、こんなに嬉しそうな三人に水を差す気にもなれず。それに、紙山さんの練習だと考えればそれは俺の為でもある……多分。多分な……！

秋の風がふわりと教室に吹《ふ》き込み紙山さんの紙袋をかさりと揺らす中。俺たち会話部は練習の為、水族館へと行くことになった。

■新井さんはまたなんかすごいことを言いだす

俺たちは紙山さんの紙袋を取る練習の為、水族館へとやってきた。

水族館なんていつ振りだろう。そう思いながら、中に一歩足を踏《ふ》み入《い》れるとそこは……一面の青い世界だった。

入り口を入ってすぐの大きな……という言葉では到底《とうてい》形容しきれないほどの巨大《きょだい》な水槽《すいそう》と、そこで泳ぐ色とりどりの魚たち。俺たち四人は一面の青に圧倒《あっとう》された。

「すごい……きれい……」

水槽に紙袋を近付け中を覗き込む紙山さんから、小さな感嘆《かんたん》の声がもれる。

日曜日の水族館は多くの人で賑《にぎ》わっているものの、賑わいを感じさせない程度には暗く、静かだった。

紙山さんは大きな水槽に紙袋を近付け中の様子を食い入るように眺めている。

俺も紙山さんの隣で水槽を覗き込む。

「……これは……すごいな……」

思わず目を奪《うば》われる。

中では青や赤、黄色の小さな熱帯魚が群れをなし、大きな回遊魚がゆったりと泳いでいる。沢山《たくさん》の海藻類《かいそうるい》や大小さまざまな岩が置かれていて、おそらくは自然の環境《かんきょう》を模しているんだろう。

館内の微《かす》かな照明が魚たちの揺らす水槽に反射し、キラキラと青く輝いている。

俺《おれ》は魚たちを眺《なが》めながら誰に向けるともなく呟《つぶや》く。

「これだけ広ければ魚たちも快適なんだろうなぁ……」

目の前の水槽を見ながら呟くと、紙袋の中から紙山さんの声がする。

「う……うん……そうだね……。みんな、すっごく自由に泳いでる……」

紙山さんは紙袋にあけられたふたつの穴を水槽に近づけ、目を輝かせていた。

紙山さんの隣で同じように目を奪われていた春雨も感嘆の声を上げる。

「本当……すごいきれい……」

春雨は、まるで小さな女の子が宝石の欠片《かけら》を見つけた時のような目で水槽に顔を近づけ、中の様子に見入っていた。

水槽を照らす照明が青く反射し、春雨の頬でゆらゆらと踊《おど》る。

春雨でもあんな顔することあるんだな……。

きっと、春雨のことを知らない人が見たら普通の可愛《かわい》らしい女子高生に見えるだろう。

ただただ純粋《じゅんすい》な顔で水槽を見つめ、その瞳には青い光が揺れていた。

無邪気《むじゃき》な笑顔で水槽を覗き込む春雨は、どこからどう見ても今どきのかわいい女子高生だ。普通にしていれば友達のひとりやふたり、直《す》ぐにでも出来そうなものなのに……春雨の隣、水槽に立てかけられたあーちゃんさんのパネルにも青い光が揺れている。

なんでこいつは魔法《まほう》少女のパネルなんて連れて歩いてるんだろう。

あーちゃんさんから春雨へと視線を戻《もど》すと、春雨はさっきと変わらぬ表情で水槽を覗き込んでいる。

かわいらしく、それでいて子供のような無邪気な笑顔。

俺が春雨に見とれていると、ふいに後ろから声がした。

「あれ？　小湊くんどこ見てるの？　いま水槽じゃないところ見てた？」

慌《あわ》てて振り返ると、いつものにこにこした笑顔の新井がすぐ後ろに立っていた。

「い、いや！　べべべ別に？　いやー魚、キレイだな、うんうん！」

なんとか取り繕《つくろ》う俺に新井は尚《なお》も追求する。

「ここは水族館よ？　見るなら水槽の中のはず……でもいま小湊くんは、水槽から顔を背《そむ》けて春雨ちゃんの方見てたような……。魚を見に来た水族館で春雨ちゃんを見てるということは……」

「そ、そそそんなことないぞ？　全然！　全く！」

両手を顔の前でぶんぶん振りながら否定する俺へ、詰《つ》め寄《よ》るように新井が顔に近付けてくる。

「もしかして小湊くん……春雨ちゃんのこと……」

春雨のことを……なんだと言うのだろう。

なんと言われてもそれは誤解でしかない。

ま……まぁ、確かに？　ちょっとばかり？　かわいいなと思って見とれていたことは事実なんだが、それ以上でも以下でも断じてない。

俺はゴクリと唾を飲み込み新井の言葉を待つ。

新井は俺の目をじっと見つめる。

脂汗《あぶらあせ》を浮かべながら新井の言葉を待っていると、しばらくの後、新井がゆっくりと口を開いた。

「……春雨ちゃんのこと……魚類だと思ってる？」

以上でも以下でも無かったし想像とも全然違った。どんな勘違いなんだ……。

俺が口をポカンと開けたままなんて返せばいいか分からず黙っていると新井は続ける。

「そうね、確かに今日の春雨ちゃんはヒラヒラしたオシャレな格好してるから熱帯魚みたいに見えるかもしれないけど……いい……？　小湊くん、春雨ちゃんは人間よ？」

いや、うん……大丈夫、俺、それ、知ってる……。

だが確かに、今日の春雨はシャレた格好をしていた。

ヒラヒラとした短いスカートに、少し大きなサイズのパーカーをふわりと羽織っている。

両サイトでくるんと束ねられた髪には細いリボンが付けられ、それが春雨の動きに合わせてヒラヒラと揺れる。

熱帯魚とは言い得て妙《みょう》だなとは思った。

新井は、春雨が人間であるという衝撃《しょうげき》の事実を俺に告げると、満足そうににこにこと笑った。

変な誤解でもされたらたまらん。新井が新井で助かった。

ほっと胸をなでおろしながら改めて新井の方を見る。

今日の春雨が熱帯魚であるなら、今日の新井は……高校生……だった。俺は堪《たま》らず新井に指摘《してき》する。

「あー……いつ突っ込もうか迷ってたんだけどさ……。服装の話題が出たから一応言っとくと……なんで今日も制服なんだ？」

新井はいつもの学校指定の制服をきちんと着こなしている。

白いソックスにラインの入ったスカート。白いブラウスの上からグレーのブレザーを羽織っている。

「前にみんなで服を買いに行ったろ？　やっぱり、ああいう服は気に入らなかった？」

今年のゴールデンウィーク。会話部の練習と称《しょう》してみんなで買い物の練習をしに行った時、新井は休みの日に着る私服を確かに買ったはずなのだ。

俺の問いかけに新井は最初、なにを質問されているか分からないといった素《そ》振《ぶ》りで考えたあと、なにかに気付いたようにハッとした顔で答えた。

「あぁ、そういうことね。あのね小湊くん。これは私服よ？」

「……また、私服用の制服って言うんだろ？」

すると新井はいつもの笑顔を絶やさずにこにこと答えた。

「ううん？　よく見て、小湊くん。あ、そうだ、触《さわ》ってもらうのが手っ取り早いかも。ちょっと私の服の裾、触ってみて？」

そう言ってブレザーの端《はし》っこを俺に掴《つか》ませてくる。

言われるがままに触る俺。

指先に新井の制服が触《ふ》れた瞬間、微かな違《い》和《わ》感《かん》があった。

見た目は確かに学校指定の制服なのだが、手触《てざわ》りというか……感触というか……どこかが決定的に違《ちが》っていた。

「……ちょっと……違うな……。なんだこれ……」

俺が戸惑っていると、新井は嬉しそうに答える。

「うん、だからこれが私服なんだよ、小湊くん。あの時買った服、私とっても気に入ったから後で同じものを何着も買ったの」

嬉しそうに話す新井。

同じものを何着も買うという発想からはまだ離れられていないらしいが、それでも私服を買うなんて新井は新井で進歩してるじゃないか。

「そうだったのか。でも……それならなんで今日は着てないんだ？」

「だから着てるんだってば。これ、あの私服をいったんバラバラにして制服状に縫《ぬ》い合《あ》わせたものなの」

「えっと……意味が分かりたくないんだけど……」

「結構大変だったのよ？　いったん解いて縫い合わせたり、色を制服と同じように染めたり。ど、どうかな……に、似合う？」

手触りが違ったのはそのせいか……。

つまりだ。新井は一旦普通《いったんふつう》の私服を買い、それをバラして制服の形に縫い合わせたものを着てる、と……そういうことなのだろう……。

なんでこいつはここまで制服に……。

俺は愕然《がくぜん》としたまま返事だけは一応しておくことにした。

「……そっか……大変だった……な……」

「うん……ね、ねえ……似合ってる……かな……」

新井はそう言いながら頬を少しだけ赤く染めると、胸元《むなもと》のリボンに手を当て上目遣《うわめづか》いに尋ねた。

「ああ……高校生みたい……だな……」

静かで真っ青な水族館で、俺はそう返すのがやっとだった。

いつか教えてやらなければいけないのだろうか。私服とはそういうものじゃない……と。

「ありがとう……よかったあ……」

新井はほっとしたような嬉しそうな顔をしたかと思うと、またいつものにこにことした笑顔に戻った。

「ちょっとゴミナトー。そんな所で魚も見ないでなにやってんのよ！　こっちで……い、い、一緒に見なさいよ……！　ほらあそこ、大きいイカ！」

「あ、あぁ今行く……おぉ……ほんとだ、あのイカ、デカイな！」

新井の制服の一件を大きなイカでなんとか頭から追い出しつつ、俺たちの水族館練習はまだ始まったばかりだった。

■　紙山さんは見つめ合う

入口に設けられた巨大な水槽を後にした俺たちは、その後も館内を見て回った。

水族館の中は程々《ほどほど》に込み合っていたものの適度に暗く、そして利用客も魚たちに夢中なので紙山さんやあーちゃんさんを連れた春雨に気が付き足を止める人はさほどいなかったのが救いだった。

……まぁ、さほどとは言ったが街中と比べれば相対的に少なかったという表現が正しく、気が付いた人はもれなくビクッとしたり、見た瞬間に顔を逸《そ》らしたりしていたのだけど。

ともかく、紙山さんが紙袋を取る練習の為に訪《おとず》れた水族館とはいえ、普通の生活では目にする機会のない魚の展示に、俺は練習の件も忘れ純粋に水族館を楽しんでいた。

それに……。

「あーちゃん早く早く！　そ、それに紙山さんも新井さんもこっちこっち！　こっちの水槽にもキレイな魚がいるわよ！」

「ま……待ってよ春雨ちゃ……うわー……ほんとキレイ……だね……」

「二人とも走ると危ないよ……ほんとだ、なんていう種類の魚かなあ」

練習を忘れているのは俺だけではなかった。

三人は紙山さんの練習の件を一切口には出さず、ただ目の前の展示に夢中ではしゃぎまわっていた。

今はこれでいいのかもしれない。

こうして普通の高校生のように遊んでいれば、そのうち紙袋やパネルが無くても普通の生活が送れるようになるかもしれないし、ならないかもしれない。けど、取《と》り敢《あ》えず今この瞬間はこれでいいのかもな。三人とも、とてもいい顔で笑ってるしな。

ぼんやりとそんなことを考えながら三人の背中を追いかけていると、みんなが一箇所《かしょ》で立ち止まっていた。

「どうしたんだ？　そんなトコロで」

「あ……ここここ小湊くん……あのね……これ……なんだろうっていま……みんなで……」

紙山さんはそう言って紙袋の裾からポタリと汗を床に落とすと目の前の水槽を指さしていた。

「ん？　その水槽にはなにもいないのか……？　それに……変な形だな」

それは、床から天井《てんじょう》までを貫《つらぬ》くような形の円柱形の水槽だった。

中には生き物の姿は見当たらず、ただ青い水で満たされている。

水槽の上と下をよく見ると、貫いた床や天井の向こう側とも繋《つな》がっているようなのだが、向こうがどうなっているのかここからではよく見えなかった。

これはいったいなんの展示なんだろう。

円柱形の巨大な水槽を前に俺が考えていると春雨が口を開く。

「なんなのかしらねこれ……。あ、もしかして……！」

「なにか分かったか？」

「もしかしてこれ……水中牢《ろう》なんじゃ……！　きっと悪いコトをした職員を閉じ込めておくのよ……。は、は、働くのって大変なのね……」

「お前の想像力はどうなってんだよ……そんなワケあるか」

春雨の妄想《もうそう》は続く。

「きっとそうよ……そして、中に閉じ込めた人間が疲《つか》れてきたら……す、水槽にサメを放つのよ……！　疲れきった職員さんは逃《に》げることも出来ず――！」

悪の組織みたいな水族館だな……。

自分の想像に顔面蒼白《そうはく》になっている春雨を他所《よそ》に、今度は新井が言う。

「水槽が上にも下にも繋がってるということは……なにかがここを通ったりするんじゃな

いかなあ」

なるほどな。

どこか別の水槽と繋がっていて、ここは言わば魚たちにとっての通路みたいなものなんだろう。

俺が感心していると、春雨がほっとしながら円柱水槽に顔を近付ける。

「良かった……牢屋じゃなかったのね……。でもそれならなにが来るのかしら。ちょっとこのまま待ってみない？」

「うん……！　わ……わわわわわ私も気になる……！」

と、紙山さんも水槽に紙袋を近付ける。

俺もみんなに続いて水槽に顔を近付け、巨大な円柱水槽になにかが現れるのを待った。

……するとしばらくして。

俺たちの足元、床と繋がっている部分からまあるい影《かげ》が現れた。

春雨が大きな声を上げる。

「な、なにか来たわ……。なにかしら……あ……！　アザラシ！　アザラシよ、あーちゃん！」

水槽の下の方から現れたのは、アザラシの子供だった。

体は真っ白な毛におおわれ、みるからにもふもふして、ふわふわしたまんまるのアザラシがゆったりとした泳ぎ方で下から現れたのだ。

俺たち四人は静かに歓声を上げると、顔を水槽にピッタリとくっつけアザラシが目の前を通過するのを待った。

真っ白でふわふわのアザラシはゆったりとした動作で下から徐々《じょじょ》に上ってくる。

水中を、まるで空を飛ぶかのようにゆったりと上昇《じょうしょう》し、俺たちの膝《ひざ》のあたりを通過する。

最初にアザラシと対面したのは一番背の低い春雨だ。

「かわいい……触りたいなぁ……ぎゅっと抱っこしてみたいなぁ……」

春雨はアザラシが顔の前に来ると、子供のような声で喜んでいる。

次に新井の顔の前をアザラシが通る。

「ほんと、かわいいね。ふわふわして風船みたい」

新井もいつものにこにことした笑顔でアザラシのゆったりとした動作を楽しんでいた。

アザラシは尚も一定の速度でゆっくりゆったりと上っていき、俺の顔の前を通過し、残すは紙山さんだけとなった。

俺はふと、紙山さんはどんな様子でアザラシを待っているんだろうと気になり顔を上げる。

紙山さんは紙袋を水槽にピッタリとくっつけ、アザラシが目の前を通過するのを今か今かと待っていた。紙袋に空けられた穴から覗《のぞ》く大きなふたつの瞳《ひとみ》がキラキラと輝いている。

きっと紙袋の中は小さな女の子のようにあどけない表情なんだろうな……と俺が紙山さんの顔を思い出しながら想像していると、アザラシは紙山さんのすぐそばまで来ていた。

そして、紙山さんの顔の前まで来たところで、なぜかピタリとその動きを止めた。

紙山さんとアザラシが、水槽のガラス一枚隔《へだ》てた超至近距離《ちょうしきんきょり》で見つめあっている。

今までゆったりと一定の速度で泳いでいたアザラシがなぜ？

紙山さんも同じ疑問を抱いたのか、静止するアザラシを見て紙袋をかさりと傾《かし》げた。

——アザラシにとってはそれが合図だった。

突然口からゴブァ！　と大量の泡《あわ》を吹き出《だ》したかと思うと、真っ白いアザラシは慌《あわ》てた様子でバタバタと天井の向こうへ物凄《ものすご》いスピードで泳いで行ってしまった。

あー……きっとあのアザラシにとって、見たことの無い謎《なぞ》の生物だったんだろうな……。

その結果があの大慌てか……。

紙山さんは最初なにが起きたのか分からなかった様子でぽかんとしていたが、やがて全《すべ》てを理解したのかガックリと肩《かた》を落とし、ついでに床に汗をぽたぽたと落としていた。

俺は紙山さんにそっと近づくと、背中をポンと叩《たた》く。俺の手にピチャリと汗の感触。

「あ、後でアザラシに謝《あやま》りに行こう……。あと、お土産《みやげ》にはアザラシのグッズを買って売上に貢献《こうけん》しよう……。俺も付き合うから……」

紙山さんは小さくコクリと頷くと、ごめんねアザラシさん、と小さく呟いた。

「私も付き合うよ、紙山さん！　アザラシのグッズたくさん買ってあげよ」

「ア、ア、アタシも丁度アザラシのぬいぐるみが欲しいと思ってたところなのよ。だ、だから、ちょうどよかったわ！」

新井と春雨も口々に紙山さんを励《はげ》ましている。

あのアザラシ……紙袋《かみぶくろ》がトラウマにならないといいなと思いながら、俺たちは次の展示へと移動した。

■ 新井さんと春雨さんは思いやる

「もうだいたい全部見たんじゃないか？　どこかで休憩《きゅうけい》しようぜ」

アザラシを驚《おどろ》かせてからも俺たちは館内を見て回り、大方のところは回りきっていた。

俺の提案に新井は制服（という名のなんだかよく分からない服）の胸ポケットからパンフレットを取り出して眺めた後、笑顔でこう言った。

「それならいいところがあるよ。時間もちょうどいいしみんなで行こっか」

新井に付いて行った先に現れたのは、イルカショーのプールだった。

まだ誰《だれ》もいないステージと、それを囲むような円形の大きなプール。ショーが始まるまでまだ少し時間があるのか、プールを取り囲むようにして設置された無数の座席には人影《ひとかげ》もまばらだった。

確かにここなら座《すわ》って休憩も出来るし、今のうちに前の方の席を取っておけばショーが始まったとき、いい席で見ることも出来る。新井のナイスアイデアに俺は素直《すなお》に感謝した。

俺たちは一番前の席に陣取《じんど》り、ショーが始まるのを待ちながら休憩することにしたのだ。

それにしても……。

俺は並んで座る三人を見ながら少しほっとしていた。

ここまで特に大きな問題もなく、アザラシを除いては誰かに迷惑《めいわく》をかけるということもなく水族館を楽しめているからだ。昨日の夜は、水槽の二つや三つ壊《こわ》してもおかしくないよな……と心配していたが、今に至るまで大きな問題は起こっていない。

紙山さんも春雨も、出会った時と大きな変化はない。

紙山さんは相変わらず普段《ふだん》は紙袋を被《かぶ》っているし、春雨もあーちゃんさんのパネルを連れ楽しそうに会話をしている。

それでも、こうしてみんなで行動していれば普通の……とは言い難《がた》いが、それなりに楽しい高校生活が送れるのかもしれない。

俺は、普通の高校生活が送りたかったはずだ。

普通で、平穏で、面倒でなく、波の立たない静かな生活。

でも今は、こういうのもいいのかもな……と思える程度にはこの部活が好きになっている自分もいる。……欲を言えば、俺が紙山さんや春雨をフォローしなくても良くなってくれればもっといいのだが……。現に、ショーを見に来たお客さんで少しずつ埋《う》まりつつある席も、俺たちの周りだけゴソッと空いてるしな……。

紙山さんが紙袋をちゃんと外せるまで付き合うという約束もあるし、春雨をなんとかしてやりたいとも思う。

けど、今は考えても仕方ないか。特効薬など無いのかもしれない。

それなら、俺はなにを――

そんなことを考えながら座っていると、ふいにスピーカーから大きな音楽がなり始めた。

「こ……こここ小湊くん……そろそろ始まるみたい……だね……」

紙袋の内側から紙山さんが声をかけてくる。

ああそうだな、と返してみんなでショーが始まるのを待った。


それから俺は、さっき考えていた小難しいことも忘れてショーを楽しんだ。

イルカたちは飼育員とコミュニケーションを取りながら次々に芸を披露《ひろう》していく。

あっという間に時間は過ぎ、気が付けば最後の芸を残すのみとなった。

飼育員のお姉さんが神妙《しんみょう》な顔でマイクに顔を近付ける。

「さぁ……それではいよいよ最後の芸となりました！　頭上五メートルの高さに吊《つる》された
ボールに、上手くタッチ出来るのでしょうか！」

イルカたちは飼育員の合図を前に、円形のプールをすごいスピードでぐるぐると泳いでいる。

「それではみなさん……上手くタッチ出来たら、イルカたちに大きな拍手《はくしゅ》をお願いします！　それでは……」

飼育員のお姉さんはそう言うと、首から下げていた笛を大きく鳴らす。

その瞬間《しゅんかん》。

今までプールをぐるぐると泳いでいたイルカがぐん……とプールの底深く潜《もぐ》った。かと思うと、物凄い速さで水面から飛び出した！

水しぶきを纏《まと》いボールめがけてジャンプするイルカたち。

観客たちの歓声《かんせい》の中、水面から飛び出したイルカはグングンと高度を上げ、最後は天高く吊されたボールに見事鼻先でタッチしたのだ。

沸《わ》き上《あ》がる歓声。

イルカショーのプールは大きな拍手と歓声に包まれた。

直後、イルカの大きな体は大量の水しぶきを上げながらプールに着水した。はねあげられた水は結構な量で、最前列で見ていた俺の顔や体を濡らす。

すごい迫力《はくりょく》だった。

俺は顔や体にかかった水を払《はら》うのもそこそこに、周りの観客に交じって手を叩きながらふと……なにか大事なことを忘れている気がした。とても大事ななにかを……。

嫌《いや》な予感がして隣《となり》を向くと、そこにはびしょ濡れの溶《と》けた紙袋を顔に張り付け呼吸が出来なくなっている紙山さんがいた。

紙山さんは両手をぷるぷると震《ふる》わせながら首筋を真っ赤に染めている。

ヤバい！

アレだけ大量の水が一瞬《いっしゅん》にしてかかったのだ。紙袋が顔に張り付くのも一瞬の出来事だったはず。息を吸い込む暇《ひま》もなく、突然《とつぜん》呼吸が奪われた紙山さん。

だが、周りには大勢の観客がいる。この場で紙袋を取り交換《こうかん》することも出来ない。なら、直ぐに移動して……いや、ここは最前列だ。観客たちの隙間《すきま》を縫ってどこか人のいないところまで歩いていく間に紙山さんの酸素はおそらく底を尽《つ》きる……。

考えろ……どうすればいい。

俺が考えている間にも紙山さんの肌《はだ》は赤から白へとその色を変え、震える体の動きも徐々に小さくなってきている。

くそ！　打つ手なしか……！

紙山さんには悪いが、背に腹は代えられない。

ここは恥《は》ずかしさを我慢《がまん》して、大勢の人の前で紙袋を取ってしまおう……それしかない……。

俺が心の中で紙山さんに謝りながら、顔に張り付いた紙袋に手を伸《の》ばそうとしたその時。

サッと動く二つの腕《うで》があった。

新井と春雨だ。

新井は、素早《すばや》くカバンから折りたたまれた布の様なものを取り出すと紙山さんの頭に被《かぶ》せ、極小の頭部限定試着室のような空間を展開した。

それとほぼ同時に春雨はあーちゃんさんのパネルの後ろからさっとなにかを剥《は》がすと手早く広げ紙山さんへ手渡《てわた》した。

春雨が手渡したのは……紙袋だった。

だが――

紙山さんは状況《じょうきょう》をよく理解出来ていないのか、動こうとしない。

溶けた紙袋が視界確保用の穴もふさぎ、紙山さんの視界はゼロだ。

それに、意識も朦朧《もうろう》としている。

そんな紙山さんがこの状況に気付けるか？

すると、新井が俺の方を真剣《しんけん》な表情で見る。

「小湊くん！　紙山さんに声を！」

声？　そ……そうか！

俺は声を限りに叫《さけ》ぶ。

「紙山さん！　今は大丈夫《だいじょうぶ》だ！　安心して紙袋を外せ！　なにが起きてるか分からないと思うが、俺を……俺たちを信じろ！」

紙山さんはピクリと反応したかと思うと、両手を簡易試着室に差し込むと顔から濡れた紙袋を剥ぎ取った。

そして、ハァハァと肩で息をしながら、春雨が手渡した紙袋を器用に試着室の中で被る。

紙山さんの頭部に紙袋が装着されたのを確認《かくにん》した新井がそっと布を外した。

「ああああああありがとう……助かった……よ……」

そう言いながら紙山さんは、呼吸を整えつつ視界確保用の穴を震える指先で開けていく。

なんとか助かってよかった。でも、今のコンビネーションはいったい……。

俺は気になって二人に質問する。

「なぁ、新井も春雨も、さっきのアレ……事前に練習でもしてたのか……？」

すると、二人は首を横に振《ふ》りながら答える。

「ううん、ぜんぜん。この私服を作った布の余りでなにかできないかなって思って作ってみたの。なにかあった時に便利かなって。私、お裁縫《さいほう》好きだから」

と、新井。

「ア、ア、アタシも……急に必要になったら困るかなって思って……あーちゃんに予備を持っててもらったの……」

と、春雨。

二人とも示し合わせたわけでもないのにそれぞれが紙山さんの為《ため》に用意してきていたらしい。

呼吸が落ち着いた紙山さんは俺たちに向かってぺこりと紙袋を下げる。

「あ……ありがと……私の為に用意してくれて……」

「全然だよ紙山さん」

「ア、ア、アタシたち友達……でしょ……？　これくらい……と、と、当然……よ……！」

にこにこしながら答える新井と、顔を真っ赤にしながら返す春雨の対比がなんとも言えずおかしかった。

俺も今度からなにか用意しておくか……いや、用意じゃなく、そもそも紙袋を被らなくてもいいようにする方がいいのか……？

それはともかく。

こうして俺たちは、イルカとお姉さんさながらのコンビネーションで命の危機を乗《の》り越《こ》えた。

■ 紙山さんはがんばる

「た……たたたたた楽しかったね……小湊くん……」

イルカショーを見終えた俺たちは、そろそろ水族館を後にしようとしていた。

今まで来た道を歩き、あとはもう出入口付近にある土産物屋《みやげものや》を残すくらいになっていた。

こちらへぎこちなく話かけ、紙袋をカサリと揺《ゆ》らす紙山さんへと返事をしながら、俺にはひとつ気になっていることがあった。それは、今日ここへ来た目的。紙山さんの練習がまだなにも行われていないということだ。

みんなで訪れた水族館は楽しかった。俺も練習のことを忘れ、水槽《すいそう》の中を泳ぐ珍《めずら》しい魚たちに見惚《みと》れたりもした。女子三人の表情を見ても、みんなとてもいい笑顔《えがお》で、楽しかったと顔にかいてあるような気がしたし、きっと俺の顔にもかいてあるんじゃないかな。恥ずかしいから今は鏡を見ないでおこう。

そんな三人を見て、俺は練習の件を言っていいものかどうか考えあぐねていたのだ。

理由は……練習が必ずしも成功するとは限らないからだ。

練習が成功するなら問題はない。

だがもし失敗したら、この楽しい空気に水を差さないだろうか。楽しかった出来事に影を落とさないだろうか。

空気なんてほんの僅《わず》かなきっかけで壊れてしまう。

仮にこのまま忘れたふりをして帰ったとしても、本来の目的は果たせなかったがそれはそれで思い出に残る一日になるはず。そんな日があったって別にいいだろう。そう言えば忘れてたね、と後で笑い話になるかもしれない。

それはそれでいいのかもな。なら、このまま黙《だま》っておこう。

出口へと向かう紙山さんの背中を見ながら、ひとりそんなことを考えていた。

だが……。

ふと隣を歩く春雨に視線をやると、春雨はあーちゃんさんのパネルと会話をしながら俺《おれ》の視線に気が付き、少しだけ困ったような笑顔をして華奢《きゃしゃ》な肩をすくめて見せた。

俺たちの視線のやり取りに気付いた新井もいつもの笑顔で……でも、春雨と同じように少しだけ困った笑顔で眉間《みけん》に皺《しわ》を寄せたのだ。

俺は気が付いた。

二人もまた同じ気持ちなのか。俺と同じで言い出せないのか。

そう思い前方を見ると、紙山さんもいつもよりも足取り早く出口へと向かおうとしている。紙山さんもまた練習の件を言い出せず、みんなが忘れているうちに、楽しい思い出のままここから帰ろうとしているのかもしれない。

振り返《かえ》らず、真《ま》っ直《す》ぐに出口を目指して歩いている紙山さんの背中が暗にそう語っている気がしたんだ。

それだけ今日が楽しかったのだ。この空気を壊したくない気持ちは痛いほど分かる。

練習のことを本当に忘れていたのなら仕方がない。

だが、みんなが今、この瞬間に練習の件を気にしているのなら話は別だ。このまま出口のゲートをくぐっては必ず後悔《こうかい》する。

後で今日の日のことを思い出した時、今感じている鈍《にぶ》い痛みがずっと残ることになる。

それなら、練習の件を切り出そう。

どちらを選んでも後悔する可能性があるのなら、練習をして成功する方に賭《か》けた方がいいはずだ。

となると、俺に出来ることは成功の確率を高めることなのだが……。

なにかいい方法はないかと辺りを探すと、俺の視界にちょうどいいものが飛び込んできた。アレを使えばもしかしたら……。

「……なぁ春雨、新井。……ちょっとアレ見てみろ」

「あーちゃんは今日見た中だとなにがかわいかった？　え、カニ？　えぇー足が沢山《たくさん》あって虫みたいじゃなかった？　少し気持ち悪いって言うか……ア、ア、アタシ？　アタシはイカがよかったな、あんなに大きいイカ初めて見たかも」

「おーい、春雨さん？　ちょっといいかな？」

俺は春雨とあーちゃんさんのパネルの間に無理やり体を割り込ませる。

「……ごめんねあーちゃん。死んだイカみたいな男から声をかけられたからまた後でね」

「そんなに目濁《にご》ってないから。それより、ちょっとアレ見てみろ……。アレ、使えないかな」

「濁ってるのは魂《たましい》よ、あーちゃんの浄化《じょうか》の光に焼かれればいいんだから！　……で、突然なによ……。あ……もしかして小湊、アレを紙山さんに……？」

俺がコクリと頷《うなず》くと、春雨は少しだけ考える素振りをすると頷いた。

「……そうね、いいかも。アレを使えばもしかしたら……」

新井もコクコクと頷きながら眉間の皺を解く。

「確かにいいアイデアかもしれないね。そういうことなら部費で買っても問題無さそうだし、いいと思うわよ」

そうと決まれば。

俺は少し先を歩く紙山さんにここで待っててもらうように声を掛《か》けると、土産物屋で目当てのものを買い、すぐにまた戻《もど》ってきた。

俺が手に持っているものを見た紙山さんは小首を……もとい紙袋を傾げながら尋《たず》ねる。

「こ……こここ小湊くん……それ、なななななに……？」

俺は紙山さんにそれを差し出す。

「はいこれ、俺たちから紙山さんに。れ……練習用にと思って。よかったら使ってみない？いま、ここでさ」

俺が紙山さんに手渡したもの。それは、この水族館のマスコットであるホオジロザメのシャークんというキャラを模した、顔にすっぽりとかぶれるようになっているぬいぐるみだった。

かわいらしくキャラクター化されたサメが大きく口を開けているデザインのそれは、頭をすっぽりと覆《おお》えるようになっている。

フルフェイスのヘルメットをぬいぐるみに変えたような形状で、目の付近というか、鼻の周りというか、シャークんの大きく開けられた口から被った人の顔が出るという、ともすればサメに飲み込まれた人みたいに見えるキャラクターグッズだった。

シャーくんの上下の顎《あご》から生えたギザギザの牙《きば》がある程度顔を隠《かく》してくれるし、被り方を調整すれば、顔の中心が多少外に出るくらいで視線や口元を隠すことが出来る。

もちろん紙袋よりは数段露出《ろしゅつ》が増えるし、本来であれば頭に被りものをしている時点で注目の的になることは免《まぬが》れない。

だが、俺には勝算があった。

「こ……ここ小湊くん……コレ、ここで被る……の……？」

俺は戸惑《とまど》っている紙山さんを心配させないよう、出来るだけ明るい声で答えた。

「あぁ、今日の目的は練習だろ？　紙袋よりも露出の多いソレなら練習になると思うんだ。それに……」

ここまで言うと、俺は周囲の様子に視線を向ける。

紙山さんも俺につられ、辺りを見回す。

「……それに、ソレと同じもの被ってる人、結構いるからさ。目立たずに練習できると思うんだ」

水族館のお客さんの中にはちらほらと……まぁ主に子供が多くはあるもののシャーくんを被って歩いている人もいた。周りに同じように被っている人がいれば、目立たず、いつもよりも多い露出の練習をすることが出来る。そう考えたのだ。

手渡されたシャーくんを見ていた紙山さんはしばらく考えていた様子だったが、俺や、それに春雨や新井の様子を見ると、大きくコクリと頷く。

「れ……れれれれれ練習……だよね……！　ここ、練習にき……来たんだもん……ね……！　私ずっと言い出せなくて……もし失敗して楽しい雰囲気《ふんいき》が壊れちゃったらと思うと言い出せなくて……。でも、練習……しなきゃだよね……！　ありがとうみんな……。私……被ってくる……！」

紙山さんはそう言うと、通路の隅《すみ》で俺たちに背を向け紙袋を外した。

汗《あせ》でしっとりと濡《ぬ》れた黒い髪《かみ》がはらりと揺れ、髪の先から汗の雫《しずく》が床《ゆか》にポタリと落ちる。

そして、シャーくんを被り牙の生えた上下の顎をぎゅっと閉じるように調整すると俺たちの方へと振り返った。

「ど……どどどどどう……かな……！　かかかかかか顔！　ダダダダだ大丈夫《だいじょうぶ》……かな……？」

恥ずかしそうに体の前で両手を絡《から》めながら、体を左右に揺らしている紙山さん。

シャーくんの口の中から顔を出した紙山さんは、鼻先がちょこんと見えている程度で、目や口はほとんど隠れていた。

表情はほとんど見えなくとも、体全体で恥ずかしいと訴《うった》えかけているようだった。

その証拠《しょうこ》に服の裾《すそ》から滴《したた》る汗の量も、いつもより多い。

恥ずかしそうに体をクネらせている紙山さんは、大きな胸も同時に左右に揺れ別の意味で周囲からの注目の的になりつつあるのだが……。

俺は恥ずかしそうにしている紙山さんに笑いかける。

「あぁ、ほとんど見えないし……意外と似合ってるな」

俺が答えると紙山さんは、ふーっと大きく息を吐《は》き大きな胸を撫《な》で下《お》ろした。

横で見ていた新井や春雨も口々に、

「うんうん、それならここでは全然目立たないしいいんじゃないかな」

「が、が、がんばったわね、紙山さん！　すっごくイイわね！」

と、紙山さんのがんばりを認めていた。

それからしばらく、女子三人はこの水族館練習が上手《うま》くいったことに手を取り合って喜んでいた。水族館の中、互《たが》いをたたえあってはしゃぐ三人。

そんな三人を見て、俺は思わずスマホを取り出すとパシャリと一枚、写真を撮《と》った。みんながこんなに楽しくて、そしてがんばった日のことを残しておきたい。そう思ったからだ。

しばらくして、春雨がぽつりと漏《も》らす。

「……でも、もう水族館……帰るところだったのよね……。せっかく上手くいったのに

HO-JIRO
ZAME

……」

そう言えば、俺たちはこれから帰るところだったんだっけ。

春雨の発言に残る二人もガックリと肩を落とす。

せっかくの楽しい一日が、こんなことで曇《くも》って欲《ほ》しくはない。めんどくさいけど……ここは仕方ないか。俺はがっかりしている三人にひとつ提案した。

「……それなら、もう一回見て回るか？　今度は練習として。さっき驚かせたアザラシに謝りにも行きたいしな」

俺がそう言うと三人は花の咲《さ》いたような笑顔になった。

こうして俺たちはもう一度水族館を見て回った。

二周目を見終わった俺たちが出入り口のゲートをくぐって外に出たときには、時刻はすっかり夕方になっていた。

閉園間際《まぎわ》の水族館の外は人影もまばら。空はすっかり夕焼け空になっていた。

俺はシャーくんの口から顔を出している紙山さんの方を向く。

「どうだった？　少しは練習になったかな」

紙山さんはシャーくんを縦に動かすと、サメの口の中から震えるように声を出した。

「う……うん！　紙袋より顔が出てて……その……は……は……恥ずかしかったけど……。でも、他にも被ってるお客さんもいて……だから……だから……」

紙山さんはそこまで言うと、俺たちに向かってぺこりと頭を下げた。

「ありがとうみんな……本当に……。わ……わわわわ私、もっともっとがんばるから……！　がんばるからね……！」

そんなにかしこまらなくていいのに。

「全然だよ、だって今日はこのために来たんだろ？　まぁ肩肘《かたひじ》張《は》らずにゆっくりやろうぜ、ゆっくり。な？」

俺の言葉に春雨も続く。

「た、た、たまには小湊もいいこと言うじゃない。そうよ紙山さん……今日はすごかったわ。あ～あ……ア、ア、アタシも……アタシもがんばらないと……」

新井が紙山さんに近づいてぽんと背中に手を置いた。

「大丈夫よ、紙山さん。二人の言う通り、今日の練習は大成功だね！」

新井はそう言うとニッコリと笑った。

「ありがとう……小湊くんも新井さんも春雨ちゃんも……」

紙山さんはそう言うと、シャーくんの口の中でニッコリと、とっても嬉《うれ》しそうに笑った。

ほどよく疲れた夕日の路上。俺は久しぶりに、ほんの少しだけど紙山さんの顔が見られて嬉しかった。

嬉しく思っている俺の傍《そば》で、新井がぽつりと呟《つぶや》いた独り言が聞こえてくる。

「さて、練習も終わったし、今度はなにかなあ。練習が終わったから次は……試合……そうね、練習試合なんていいかもしれないよね、うん」

新井はにこにこといつもの笑顔で笑ってるんだけど、なにを言ってるか分からなかったり分かりたくもなかったりする俺は、聞かなかったことにした。

俺は新井の発想が暴走する前に話を変える。

「ま……まぁ今日は練習、上手く行ってよかった。……じゃあ、みんなで帰るか！」

こうして俺たちの水族館練習は、最高の結果で幕を閉じた。

春雨さんと練習試合

kamiyama san no
Kamibukuro no
naka niha

■ 小湊波人は常識について考える

落ち着け……落ち着け、小湊波人よ。

俺は今からなにを言おうとしている……よく考えろ――


ここは放課後の家庭科室。俺は家庭科室の前に立ち部屋の中を見渡《みわた》す。目の前には紙山さんに新井、それに春雨……そして、見知らぬ女子が数名。

彼女《かのじょ》らを前に、俺は今一度常識について考えてみた。

俺が今から言おうとしていることは果たして正しいのだろうか……。

だが、全然全くこれっぽっちも自信がない。

助けを求めるように新井の方をチラリと見ると、にこにことした笑顔を返してくれた。

だ、大丈夫……だよな……？　俺、間違《まちが》ってないよな……？

俺は改めてみんなを見渡すとゆっくりと口を開く。

「えー……っと。それでは、みなさん準備はよろしいでしょうか……？」

俺の言葉に合わせるように、会話部の女子三人は皆真剣《みなしんけん》な顔と紙袋でコクリと頷いた。

彼女たちの表情を見ると、俺がこれから言おうとしていることも間違ってないと思えてくる。

……だが。

会話部の三人とは対照的に、家庭科室の大きなテーブルを挟《はさ》むように向かい合っている四人の女子は、頷くとも傾げるとも取れないほど僅かに首を動かしながら明らかに困惑《こんわく》の表情を浮《う》かべている。

だ、大丈夫じゃないよな？　俺、間違ってるよな！

俺が互いのグループの顔を見比べてなにも言えなくなっていると、新井がいつものにこにことした笑顔で俺に声を掛けた。

「どうしたの？　小湊くん、なんだか固まってるけど始めちゃって大丈夫よ？」

「あ……あぁいや……なんか大丈夫かなー……って、あはは……」

すると新井は両手を身体の前でグッと握《にぎ》る。

「大丈夫よ小湊くん、自信持って！」

出た、新井の根拠《こんきょ》のない大丈夫。

ま、まぁ……ここまできたのならもう『この先のセリフ』を言うしかないことは分かってる。ただちょっとね……俺の良心とかね……常識みたいなものがね……この先を口にするのを邪魔《じゃま》しちゃってね……。

俺は放課後の家庭科室に集まった女子たちの顔をもう一度見ながら、閉じかけた口を開く。勇気を出して。やけくそで。

「それでは……あー……只今《ただいま》より……会話部と調理部の異種練習試合を始めます！」

俺が意を決して試合の開始を告げると、会話部側からは大きな歓声が、会話部の向かいにいる調理部の四人からは、あ、はい……みたいな……なんかそんな感じのつぶやきが聞こえてきた。

こうして会話部と調理部、その練習試合の火蓋《ひぶた》が、今まさに切られたのだった！

……そんなものの火蓋を切ってしまった俺の常識が足元からぐらぐらと揺れ今にも崩壊《ほうかい》しそうになっているのだが……それをなんとか堪《た》えながら、なんでこんなことになっているのかの理由を、目の前でせわしなく料理を始めた女子たちを見ながらぼんやりと思い出していた。

……きっかけは、昨日の新井の一言だった。

「練習試合をやりましょう」

新井がまたなんか言い出した。

「あー……新井、今なんて言った？」

「練習試合よ小湊くん、聞こえなかった？　この前の水族館の時にも言ったでしょ？　そろそろそういう時期だと思うの」

そういう時期とは……。

まるで、さも当たり前のことを言うかのようないつものにこにことした笑顔の新井に、俺は返す。

「いや聞こえてはいたけどさ……。ちょっと待ってくれ。俺たちは会話の練習をする部活だろ？　試合ってどういう意味なんだ？」

すると新井はやっぱりいつものにこにことした笑顔でさらりと言う。

「私たちもかれこれもう何か月か活動して来て、少しは会話が上手くなってきたんじゃないかなって思うのよ。この前の水族館練習も上手くいったし、そろそろ私たちの実力を試《ため》すにはいい時期なんじゃないかな」

なんでこの人はにこにこ顔を崩《くず》さずにこんなことを言えるんだろう。逆に怖《こわ》い。いや、正面から怖い。

俺たちは会話部だ。本来の活動内容は会話の練習をして人とのコミュニケーション能力を高めるというものだ。紙山さんや春雨が部活を通じて普通《ふつう》の高校生活を送れるようになり、ひいては俺の平穏無事《へいおんぶじ》な日常を取《と》り戻したいという希望的側面もある。

そんな部活で練習試合？

そもそも他校には会話部なんて部活はないだろうし、仮にあったとしても試合など出来るはずもない。それになにより、練習試合など面倒《めんどう》なことこの上ない。

どこから正したものか迷った俺だったが、ここは一つずつ丁寧《ていねい》に行こう。

「いくつか問題がある気がするが、いいか？」

「なんでも大丈夫よ」

「まず、試合ってことは俺たち以外の誰《だれ》かと戦うってことでいい……よな？　そ、その場合、相手は……」

相手はどうするのか。俺が言い終わる前に新井の口が動く。

「それなら心配ないよ、すでに相手は見つけてあるの」

なるほど、新井もなかなかどうして手ごわい。

それなら次の一手だ。

「そ、それなら次に……俺たちは会話部だよな。会話部の試合って言っても、俺にはさっぱり分からな……」

分からない。やっぱり俺が言い終わる前に新井の口が動く。

「それも心配ないよ、すでに方法も考えてあるから」

お、おう……。

ここまで見越《みこ》されているとは。

なら、この手段は使いたくなかったのだが仕方がない……。

俺は意を決して最後の手段を用いることにした。

「そうか……。け、けど、練習試合って、普通、休みの日に他校に出かけてやるものなイメージなんだけど、休みの日まで部活をするのは俺はめんどくさ……」

……もう、分かるよね。

俺がこの言葉を最後まで言い終えることは無かった。

「あはは、それも心配ないよ。心配性《しんぱいしょう》だなあ小湊くんは。全部私に任せてくれれば大丈夫だから、大丈夫大丈夫」

その大丈夫に不安しかないのですがダイジョウブですかね……。

俺は死んだ目になりながら、俺たちの話を黙って聞いていた紙山さんと春雨をチラリと見た。するとそこには、練習試合という単語に目をキラキラさせた二人がいた。

「ア、ア、アタシも練習試合やってみたい……かな？　マジカル皆殺《みなごろ》しフレアの威力《いりょく》も試してみたいし！」

「それも大丈夫よ、春雨ちゃん」

と、新井。

それも大丈夫なのか？

「わ……わ……私も……その……試合とかやったことなくって……。や……やってみたいな……。でも、ちょっと不安も……。あの……その……だ……だだ大丈夫……かな……！」

練習試合という言葉に緊張《きんちょう》してしまったのだろう。紙山さんはたまたま手に持っていた飲みかけのペットボトルをギュッと握った。

その瞬間。

紙山さんの力こそパワーな握力《あくりょく》が加わったペットボトルが手の中で破裂《はれつ》した。中のお茶が紙山さんの体にかかり制服を濡らす。

紙山さんは呆然《ぼうぜん》としながら体にかかったお茶の滴《しずく》を払っている。それを見た春雨がそっと紙山さんにハンカチを渡《わた》している横で、新井はにこにこしながら口を開く。

「それも大丈夫よ、紙山さん。そんな感じで問題ないから」

い、今のも大丈夫なのか⁉

練習試合に夢と希望をふくらませる三人を見ながら思った。

なにがどうなるかは分からない……。分からないけど、事故や怪我《けが》には気を付けよう……心の底から……。

……と、ここまでが昨日の部活での出来事だ。

会話部対調理部の練習試合。

我ら会話部も、そして初対面の調理部のみなさんも、今のところは普通に料理に取り掛かっているようだ。

このまま料理をしていてくれる分には問題は起こらなそうか……。

少しだけ安心しながらふと隣を見ると、そこには調理部の一人が立っていた。

「や、今日は誘《さそ》ってもらってアリガト。えっと、小湊くん……だっけ？　新井ちゃんから誘われたときには合同練習って聞いてたけど……練習試合……？　ま、何事も一緒《いっしょ》にやれば楽しいよね」

調理部の女子はそう言ってこちらに明るい笑顔を向けてくる。

細身の体つきに肩口《かたぐち》くらいまでのセミショートの黒髪《くろかみ》。ぱっちりとした目に薄《うす》い唇《くちびる》。快活で明るい印象を受ける女生徒だった。

俺は調理部の明るい女子に返事をする。

「そっちは三雲《みくも》さんだったっけ。あー……。なんかゴメンな、こんなことになっちゃって。……ってか新井のやつ、合同練習って言って誘ったのか……。試合がどうのとかって俺も全然知らないんだよな……まぁ今日はとりあえずよろしく」

「うん、三雲だよ。三雲倫奈《りんな》。こちらこそよろしく小湊くん。それにしても……」

三雲はそう言いながら家庭科室の中を見渡す。

「会話部は随分《ずいぶん》……なんていうか……個性的？」

三雲の感想ももっともだ。

紙袋《かみぶくろ》を被《かぶ》り汗でびっしょりの紙山さんと、魔法《まほう》少女のパネルを連れた春雨は三雲たち調理部の普通の女子たちに比べれば幾分《いくぶん》個性的だろう。

一見まともでクラス委員まで務める新井から合同練習をやろうと誘われ快諾《かいだく》したら、いざ現れたのがこのメンバーだった時の調理部員たちの心境たるや、そこそこ修羅場《しゅらば》だったんじゃないかな。しかも『試合を開始する！』とか……俺、言っちゃったしな……。

てっきり試合に関しては話が通ってるもんかと思ってたんだが。

俺が黙っていると、三雲は気を取り直して続ける。

「ところで試合って？　なにかやったりするのかな。料理対決的な？　それなら私がんばっちゃうよ～」

そう言って腕《うで》まくりをしながら楽しそうに笑う三雲。

「俺もイマイチ分からん」

「あはは、そっかそっか。ま、でも一緒に料理を作りたい……ってことでいいんだよね？」

「あー……そんな感じでいいんじゃないかな、多分。なんか、変な事に巻き込んじゃってゴメンな」

「いやいや、そんなことなら私たち調理部はいつでも歓迎《かんげい》だよ。なんせ今年私たちが作った部活だからまだ四人しかいないし、最近マンネリしてきたなぁって思ってたところなんだ。だから今日みたいな面白《おもしろ》そうなことは歓迎だよ！　ほら、みんな楽しそうに料理してるじゃん」

三雲はそう言って快活に笑うと調理部の仲間へと視線を動かした。三雲の視線の先を追うと、そこには調理部の女子が三人。わいわいと楽しそうに料理に励《はげ》んでいる。

そんな三雲を見ながら、俺はとある感情が沸《わ》き上《あ》がるのを感じていた。

今こうして交《か》わしている三雲との会話。

三雲や調理部員たちの態度や行動。

和気《わき》藹々《あいあい》と料理に励む部員たち。

秋も深まりつつある放課後の家庭科室に、調理器具の音と楽しげな会話が響《ひび》く穏《おだ》やかな時間。

　これは――――普通だ！

　なんだろうこのオアシス感……。

　ひょっとしたら俺がこの学校で初めて出会う普通の人なんじゃないだろうか。

　俺は思わず嬉しくなって三雲との会話を続ける。

「調理部も今年創部したんだな、実は俺たちもなんだ」

「おぉーそっちも？　まだ人数が少ないからいっつもみんなでちょっとさみしいよねって話してるんだよ。小湊くんたちも四人？　それだとさみしいでしょ」

　普通だ……普通の会話だ……。

　紙山さんや春雨も、誰とでもこのくらいの会話が出来ればもう少しまともな高校生活が送れるのに。

　あまりにも普通で普通すぎる普通の会話に俺は感動すら覚える。

「なんかいいな……普通の会話……」

「うん？　なんの話？」

　久しぶりに交わされる普通の会話をしみじみとかみしめながら三雲に返す。

「あ、あぁいや、こっちの話……。えっと、俺たちは別にさみしくはないかな」

「そかそか。少人数の方が落ち着くって人もいるもんね。私は大勢いるほうが賑《にぎ》やかで好きだけど、そういうのもなんとなく分かるなー」

俺の言葉を聞いた三雲は、明るく頷きながらそう返した。真っ当な言葉のキャッチボールがここにはあった。

「そういえば小湊くんはなんで会話部に？　女子の中に男子が一人って結構珍しいと思うんだけど」

なぜ会話部に、か。

俺がこの部活にいる理由はそもそも成り行きというか……俺が普通の学校生活を送るためだ。

「あー……まぁ話すと長くなるんだけど、普通の高校生活を送りたいから……かな」

「……普通…………？」

三雲は俺と会話部の三人を見比べ首を傾《かし》げている。

そりゃ、そんな反応になるよなぁ……。

言葉が足りな過ぎたかな……などと考えていると、俺と三雲の普通の会話は、普通じゃない会話によって掻《か》き消《け》された。

「み、み、見てなさい……闇《やみ》に巣くう異形の野菜たち……！　アタシと、このあーちゃんの魔法で切り刻んでやるんだから！」

春雨はそう言うと、包丁を手にまな板の上に置かれた野菜たちを見下ろしている。

「さぁ……まずはどの子から相手になってあげようかしらね……え？　あーちゃんはじゃがいもがいいの？　なら、アタシはこっちのニンジンを――」

春雨は自分の隣《となり》に置かれた魔法少女あーちゃんさんと楽しそうに会話をしながら野菜の調理に取り掛かり始めたようだ。

俺と三雲が……あと、よく見ると調理部の女子たちまでもが料理の手を止め、揃《そろ》って言葉を失っていると、春雨の後ろ。黙って立っている紙山さんの姿が目に入った。

どうやらなにをしたらいいか分からない様子だ。

そんな紙山さんに気が付いた新井が声を掛ける。

「あ、そうだ。紙山さんは後で使うお皿を持ってきてもらってもいい？」

「は……は……はははははい！」

紙山さんは全身を汗でびっしょりと湿《しめ》らせ、家庭科室の床にぽたぽたと汗の滴《しずく》を落としながら返事をすると、紙袋をぎこちなく左右に振《ふ》り食器棚《しょっきだな》を探す。

やがて、食器棚を見つけた紙山さんは右手と右足を同時に出す歩き方で棚《たな》に近付いていく。その姿はいつにもましてぎこちない。

それを見ていた新井がポツリと呟く。

「まずいわね……。紙山さん……初めての試合で緊張してる……。このままじゃ、普段《ふだん》の実力が出せないかも……」

三人とも一気に来たな……もうツッコミ方が分からん……。

会話部の様子を見ていた三雲が、俺の方を向き怪訝《けげん》そうな顔で問いかけた。

「ねぇ小湊くん……普通……………？」

ごめん三雲、俺にきかないでくれ。

だが、表現こそアレだが新井の言うことももっともだった。

初めての試合だからなのかは分からないが、紙山さんはいつも以上に緊張しているようだ。関節など存在しないかのようなカクカクとした歩き方で食器棚まで近付いていく。当然、歩いた後には汗の跡《あと》。

三雲と並んだまま紙山さんの動向を目で追っていると、食器棚の前に立った紙山さんは長い腕を緊張でぷるぷると震《ふる》わせながら棚にゆっくりと伸《の》ばしお皿を手に取った。

「……あ」

紙袋の中から紙山さんのか細い声がしたのと、紙山さんの震える手から皿が落ちたのは同時だった。

いつも以上に緊張し、汗を大量にかいた紙山さんの手も当然汗でびっしょりになっていたのだろう。濡れている手と緊張で震えた腕では皿を上手くつかめなかったらしい。

紙山さんの手から離《はな》れた皿は、俺《おれ》と三雲が見守る中ゆっくりと落下し、そして地面に激《げき》突《とっ》した。

大きな音を立てて割れる皿。

俺と三雲は同時に　あー……とだけ、声を出すのがやっとだった。

だが――紙山さんはこれに負けなかった。

俺が、割れた食器の掃除《そうじ》をしようと紙山さんの方へと近寄ろうとした矢先。紙山さんが動く。

紙山さんはびしょびしょに濡れた体にギュッと力を入れると、よしっ……と紙袋の中で小さくつぶやき、再び皿を取ることに挑戦《ちょうせん》し始めたのだ。

皿に伸びる震える手。

紙山さんの手に取られ、汗で滑《すべ》り、床に落ちる皿。

陶器《とうき》の割れる音。

ビクッとする俺たち。

再度意を決する紙山さん。

……食器棚の前に立ち、中から皿を一枚ずつ取り出しては一枚ずつ床に落としていく身長一八〇センチをゆうに超《こ》え、紙袋を被り、全身びっしょりと濡れた紙山さん。

その姿はまるで、食器に恨《うら》みがある幽霊《ゆうれい》が棚の皿を一枚ずつ床に落として割っているようだった。

皿の割れる音以外は、春雨とあーちゃんさんとの会話だけが響く中。紙山さんは合計六枚の皿を見事に割り終えた。

俺は小さくため息を吐《つ》くと、紙山さんの足元に散らばった陶器の欠片《かけら》をよけながら彼女へと近付き、背中をぽんと叩《たた》く。

「ごめ……ごめ……ごめんなさい……。あの……汗で……すすすすす滑《すべ》って……。て……手が……！　手がね……！　濡れてて……！」

「ああいや……大丈夫……。怪我が無くてよかった……。俺が掃除しとくし、後でうちの部費から弁償《べんしょう》しとくから……」

俺が声を掛けると、紙山さんは肩《かた》を落として新井たちの所へととぼとぼと帰って行った。

俺はあらかたの掃除を終えると、呆然としていた三雲の所に戻り会話を再開する。

「ごめんな、迷惑《めいわく》かけちゃって……。それで……えっと、なんの話してたっけ……」

「ねぇ……小湊くんたちって……その……。いつも、こんななの……？　紙山ちゃんとか……春雨ちゃんとか……」

「あ、あぁ……。そうだな……だいたいいつも、こんな感じ……かな……」

「そう……なんだ……」

「そうなん……だよ……」

死んだ目で答える俺に、三雲はそれ以上なにも言わず、俺と目を合わせながらただ静かに頷《うなず》き一言。

「強く……生きてね……」

引いてる。普通が引いてる……。

俺たち会話部と、三雲たち調理部。その異種練習試合はまだ始まったばかりだった。

■ 春雨さんは料理をする

　強く生きてねと言われた後、俺と三雲はそれぞれの部の料理に参加するため部員たちの所へと戻《もど》った。

　なにか手伝えることはあるだろうか。そう思い、あーちゃんさんのパネルを隣に置き、包丁片手に野菜と格闘《かくとう》している春雨に声を掛《か》ける。

「……で、料理の方は順調なのか？　俺もなにかやるよ」

「な、な、なによゴミナト、邪魔だからあっち行ってなさいよ……。い、い、今からアタシとあーちゃんが、この闇の野菜たちを皆殺しにするところなんだから……」

「できれば光の野菜の方が食べた……って、なんだお前、意外と器用なんだな。家で料理とかするのか？」

　思わず素直《すなお》な感想が口をついて出た。

　春雨の前に並んでいる野菜が、どれもカタチ良くきれいに切《き》り揃えられていたからだ。

　さっきから聞こえてきていた不安しかない言動とは裏腹に、春雨が切った野菜からは、普段もきちんと料理をしていることがうかがえた。

いつもの春雨からは想像も出来ないような見事な出来栄《できば》えに俺が感心していると、照れたような顔で春雨が答える。

「い、い、家でも結構料理するからこのくらいなら……って、な、な、なによ！　ア、ア、アタシが料理できちゃなにかおかしいワケ？」

「い、いや別にそういうつもりじゃないんだけど、ちょっと意外だなって思っただけで……。そういやこないだ淹《い》れてくれたお茶も美味《うま》かったし……お前、意外と家庭的なんだな」

春雨はボンと音がしそうなほど瞬間的《しゅんかんてき》に顔を真っ赤にして俺から顔を逸《そ》らした。

「な、な、なに言ってんのよ……。こ、このくらい女子なら当然よ！　べ、別にアンタの為《ため》じゃないんだからね！」

「俺の為じゃないのは当たり前だろなに言ってんだ。だってコレ……練習試合……なんだろ？　俺にもよく分からないんだけどさ……」

すると、俺の言葉を聞いた春雨はハッとした顔になる。

「そ、そうだったわ……。これ……練習試合なのよね……。ということは……このままだとマズいわね……」

「なにがマズいんだ？」

「鈍《にぶ》いわね……。だからアンタ小湊とか呼ばれるのよ……気が付かないの？　このままだと……アタシたち勝てないかも……。ほら、見てみなさいよ、調理部の様子……」

「俺の苗字《みょうじ》を蔑称《べっしょう》みたい使うなよ心にクルから……。で、調理部の方がどうした？」

春雨に言われるがままに調理部員たちの様子を見ると、この短時間ですでに二品《ふたしな》を完成させていた。

この短時間とはつまり、紙山さんがお皿を割り、春雨が闇の野菜たちに死の宣告をしていたくらいの時間である。三雲を中心に部員たちが皆《みな》わいわいと楽しそうに、これでもかというくらい和気藹々と料理に励んだ結果の正当な成果物が、彼女たちの前に並んでいる。

一方こちらはというと、春雨の前に切り揃えられた野菜があるだけで、まだなにひとつ完成していない。

会話と料理の対決などそもそも勝負方法すら分からないのだが、仮にこれが料理対決であるとするなら、現時点での軍配はあちら側に上がるだろう。

俺は青い顔になっている春雨に言う。

「あー……まぁ、向こうは調理部だし手際《てぎわ》よくやるのは慣れてるんだろ。焦《あせ》る必要はないんじゃないか？　俺たちは俺たちが出来ることをやってこうぜ」

すると、春雨は俺の顔をじっと見ると、小さな顎《あご》に手を当ててなにやら考えはじめた。

「そ、そ、そうよね……小湊もたまにはイイコト言うじゃない……。アタシに出来ること……出来る……こと……」

「ああそうだ、出来ることをやってこう。そういや、なにを作ってるかまだ聞いてないんだけど、その切った野菜たちをどうするんだ？」

俺が春雨に質問すると、春雨はパッと今までの悩《なや》みが晴れたような顔で答える。

「出来ること……か。ありがと小湊、胸のつかえが取れた感じだわ！」

そう言って微笑《ほほえ》む春雨。

俺は特別なことなんて言っていない。だが、当たり前のことだったとしてもこうして誰かに指摘《してき》されて初めて気付けることもある。なんにせよ、春雨がスッキリしてくれたようでよかった……と、この時の俺は思った。

……だが、これが大きな間違いだった。

春雨はふっと短く息を吐《は》くと、こちらを真剣《しんけん》な表情で見つめる。

「今日の為に準備してたことがあったのよ、思い出せてよかったわ……！　アタシに……アタシたちに出来ること……。アタシ……この野菜たちを――」

春雨はそこで一旦《いったん》言葉を区切ると、目の前の美味《おい》しそうに切り揃えられた野菜に視線を落とし、一息に言った。

「この野菜たちを……魔法の力で浄化《じょうか》する！　それがアタシとあーちゃんに……アタシたち魔法少女に課せられた使命なんだもの！」

俺が気付いてほしかったことはそういうことじゃない……というかどういう事だ。

よく分からない使命に目覚めた春雨は、真剣な顔でおもむろに大きな鍋《なべ》を手に取るとコンロに載《の》せ火をつけた。そして流れるような動作でそこに油を入れる。

火力調整は最大。大きな鍋はすぐに熱々になり、鍋に引かれた黄金色《こがねいろ》の油からぷつぷつと小さな泡《あわ》が湧き立ち始めた……だが、春雨は一向にコンロの火を弱めようとはしない。

「……お、おい、ちょっと熱し過ぎなんじゃないか……？」

「ちょっと黙《だま》ってて……今いいところなんだから……」

あまりにも真剣な春雨の迫力《はくりょく》に思わず黙ってしまう。

……やがて、油の引かれた鍋からもうもうと白い煙《けむり》が上がり始めると、春雨はまな板を手に取り鍋に向かって叫《さけ》ぶ。

「い、い、今からアタシたちの魔法を見せてやるんだから！　覚悟《かくご》しなさい！」

今俺たちがやっていることは魔法じゃなくて料理なんじゃ……？

それに、もうひとつ不安なことを春雨は今、言っていた。

アタシたち。たちとはつまり……。

春雨は隣に置いてあったあーちゃんさんのパネルの後ろに隠《かく》れると、あーちゃんさんの陰《かげ》からそっとまな板を鍋の上に持っていき、熱々に熱されもうもうと白煙《はくえん》を上げる鍋の中に全《すべ》てを勢いよく投入した。

——瞬間《しゅんかん》。

大きな鍋の中から火柱が立ち上る！

高温に熱された油に水分を含《ふく》んだ野菜が入り、一瞬《いっしゅん》にして鍋に火が付いたのだ。

「ちょ、春雨！　火が！　火が付いたぞ！」

「く、く、喰《く》らいなさい闇の野菜！　これが、アタシとあーちゃんの合体魔法！　ダブルマジカル皆殺しフレアよ！」

そう言ってあーちゃんさんのパネルを盾《たて》にごうごうと炎《ほのお》立ち上る鍋の前に立たせ続けている春雨。

鍋も心配ならあーちゃんさんも心配だ。

春雨のやつ、あーちゃんさんのことをあんな盾の様な使い方をするとは、どうしちゃったんだろう。

俺は堪《たま》らず叫ぶ。

「春雨！　お前……どうしちゃったんだよ！　あーちゃんさんは友達じゃなかったのか⁉」

すると、春雨は得意げな顔で返す。

「今日という日の為にあーちゃんには特殊《とくしゅ》な魔法具を装備してもらってるのよ、そんなことも気が付かないなんてオロカミナトね……よく見てみなさい……！」

春雨に言われるがままに見てみると、炎とわずか数十センチの所に立たされているあーちゃんさんなのだが、その体にはいっさいの焼《や》け焦《こ》げなど付いていない。普段はむき出しの紙の表面に、今日は分厚いビニールが張り付けられている。

「春雨……お前……」

「アタシが無防備なあーちゃんを炎に晒《さら》すわけないでしょ？　よく見なさい？　これが、アタシたちが昨日準備した強化耐熱ビニール《特殊魔法具》よ！　万が一の場合に備えて準備してたんだけど、まさかこんな形で役に立つとはね……」

鍋から跳《は》ね上がる油や炎があーちゃんさんに襲《おそ》い掛かるが、耐熱ビニールをその身にまとった魔法少女は、そんな攻撃《こうげき》を歯牙《しが》にもかけず、闇の野菜たちを葬《ほうむ》っている。

ありがとう魔法少女、これで世界の平和は守られた……などと現実から逃避《とうひ》している場合ではない！

俺は近くにあった鍋のふたに手を伸ばすと、そっと上からかぶせ火を消す。

「ちょっとゴミナト！　なにやってんのよ！　今闇の野菜たちを完全に消し炭に——」

コイツ……今日の趣旨《しゅし》を完全に忘れてるな……。

春雨は俺の超至近距離《ちょうしきんきより》まで顔を近付けがなり立ててくる。

俺は春雨の肩をガシッと掴《つか》むと、我を忘れ、目の前の敵を殲滅《せんめつ》することだけにとらわれてしまっている春雨を諭《さと》す。

「落ち着け……。なぁ春雨……倒《たお》すことだけが平和への道じゃない……。俺たちが今守らなければいけないのは世界の平和じゃなく……味だ……。あと安全とかそういうヤツだ」

この言葉を聞き、鍋に視線を落とす春雨。

「あ、味……？」

春雨の視線の先、鍋の底には煙に燻《いぶ》され黒く焦げた野菜たち。

幸い、闇の野菜たちは防御力《ぼうぎょりょく》が高かったらしくほんのちょっぴり表面が焦げたくらいで、なんとか使いモノにはなりそうだった。

■ 紙山さんは料理をする

鍋から上がった白煙を外に出すため窓を開けて帰ってくると、三人が話し込んでいた。

「ありがとう春雨ちゃん、これで野菜が炒《いた》められたね。それじゃ、後は私がここに水を入れてちょっと煮《に》るね」

新井はそう言うと鍋に水を注いでいる。

新井の後ろから心配そうに覗《のぞ》き込む春雨。

「だ、だ、大丈夫《だいじょうぶ》かしら……つい夢中になっちゃって……」

そう言って心配そうに鍋を見る春雨の頭越《あたまご》しに俺も鍋を覗く。多少焦げ付《つ》いてはいるものの、特に問題なく使えそうだった。

「このくらい大丈夫《だいじょうぶ》だろ。それに、ちょっとくらいの失敗なら問題ないんじゃないか？だってこれは……あー……練習試合……なんだろ？　練習には失敗がつきものだしさ」

「そ、そ、そう……なのかな……。アタシ……やりすぎちゃったわよね……。あーちゃんに油がハネたら大変と思って準備してただけだったのに、つい……我を忘れて……」

肩を落とす春雨。

　変に気落ちされてこれ以上なにかやらかされては大変だと思った俺は、ハネた油で汚《よご》れたあーちゃんさんの特殊魔法具《表面のビニール》を濡《ぬ》れた布巾《ふきん》で拭《ふ》きながら春雨を慰《なぐさ》める。

「心配すんなって。火ならすぐ消したし、それに……あー……ちょっとくらい焦げてた方がおいしい場合もあるんじゃないか？　まぁ、俺はお前らがなにを作ってるのか知らないからなんとも言えないんだけど」

「そ、そ、それは出来てからのお楽しみだから、まだアンタには内緒《ないしょ》よ！　で、で、でも……ありがと……大丈夫なら……よ、よかった……」

「あぁ、きっと大丈夫だろ、多分」

　俺が新井の様に根拠のない大丈夫を言うと、春雨は少し安心したのかほっとした笑顔《えがお》をこぼした。

　隣では新井が鍋に水を注ぎ終え、再びコンロに載せ火をつけている。

「それじゃ、これから味付けをしながら煮込んでいくね。私は向こうでご飯を炊《た》いてくるから、小湊くんと紙山さんはそっちのリンゴの皮をむいて適当な大きさに切ってからすりおろしてもらってもいいかな」

　新井がにこにこと指をさした先には真っ赤なリンゴがふたつ、銀のボウルに入っていた。

分かった、と答え俺と紙山さんはひとつずつリンゴを持つ。

だが……俺はそれ以上どうしていいか分からなかった。

一概《いちがい》にリンゴの皮をむくと言っても、普段全く料理などやらない俺はどこからどう手を付けて良いものやら分からなかったのだ。

テレビなどでは、器用にするするとひと繋《つな》ぎに皮をむいていく様子を見たことはあったのだが、自分でやったことは無かった。

試しに左手にぐっと力を入れリンゴを掴《つか》み、右手に持った包丁の刃先《はさき》を真っ赤な皮に当ててみる。ザクッという感触《かんしょく》が包丁を通して右手に伝わってくる。

こ、これでいいのか……？

記憶《きおく》を頼《たよ》りに包丁を皮の内側に滑らせながら、同時にリンゴを回転させていく。すると、赤い皮は十センチほどの長さになるとボトッと下に落ち、実から離れてしまった。拾い上げてみると、皮には結構な厚さの実が残っている。

テレビでは簡単そうにやっていたことも、自分がやってみると案外難しいものだ。

だけど、難しいが案外楽しい作業かもしれない。

練習試合とは何事かと思ったけど、こうして俺にとっても初めての経験をすることは、確かに練習なのかもしれないな。

俺は続けてリンゴに包丁を入れる。今度はさっきよりも少しだけ長く皮がむけた。

これは結構集中力を使うな……。

普段料理をしない俺にとって、慣れない刃物《はもの》を扱《あつか》っているというだけでも相当緊張するのだが、これはこれで面白い作業だった。

包丁を皮に当てては慎重《しんちょう》に滑らせ、時折ボトッと厚い皮が落っこちてはまた続きから包丁を当てる。この作業を何度も繰《く》り返《かえ》し、どうにかこうにか半分ほどむけたところで、隣で俺と一緒にリンゴの皮をむいている紙山さんの調子が気になった。

「いやー、初めてやったけど結構難しいんだな。紙山さんの方はどう？　うまくいってる？」

「あ……あの……あのね……」

隣を向くと、紙山さんはすでに左手になにも持ってはいなかった。

俺が苦戦している間に、紙山さんはもうむき終えてしまっていたのだろうか。

春雨と一緒で、紙山さんも案外家庭的だったりするのかな。

「なんだ、もう終わっちゃったのか。俺なんてまだこれだけしか進んでないよ。なんかコツとかあったら教えてもらえると助かるんだけど」

そう言って不器用に切り取られた分厚い皮を摘《つ》まんで見せた。

紙山さんはこちらの方に視線を……というか紙袋を向けると、呟《つぶや》く。

「あ、あああああの……私……皮……なくって……」

皮が薄くむけるほど良いリンゴの皮むきだと思う。だが、皮がないとはどういうことだろう。

「あの……えっと……皮というか……実というか……」

紙山さんは右手に包丁を持ったままそうつぶやくと、手元のボウルに視線を移した。俺もつられて視線を移す。

そこには、まるで高級なミキサーでも使ったかのような、きれいに絞《しぼ》られたリンゴ色のジュースがちゃぷちゃぷと音を立てていた。

俺が悪戦苦闘《あくせんくとう》している間に、もうきれいにむき終え、すりおろす作業も終わったんだろうか。だが……よく見ると、先程《さきほど》までリンゴを持っていた紙山さんの左手からもぽたぽたと汗《あせ》ではないなにかが滴《したた》っている。

「ああ……紙山さん……もしかして……」

「ああああああの……わ……私……リンゴの皮、むいたことなくって……！　だから、がんばらなきゃって思って……。思って……それで……！」

大きな体をくねらせ紙袋を真っ赤にしている紙山さん。

俺はいったんリンゴを置き、空になった自分の左手を開くと、次の言葉と同時に握《にぎ》って見せる。

「もしかして……こう……ギュ！　っと……？」

返事の代わりに、紙袋の裾《すそ》から汗がポタリと落ちた。

ただでさえ緊張しやすい紙山さんが、刃物を持ち初めてのことに挑戦した結果、いつもより体に力が入ってしまったのだろう。

――後に、一連の出来事を後ろで見ていた春雨はこの時のことをこう語る。

『リンゴが、まるで瞬間移動したみたいに一瞬で消えたわ……代わりに手からジュースが出てきて……最初、なにが起きたのか分からなかったんだけど、気が付いた時……呼吸が一瞬止まったわ……』

紙山さんの手からフレッシュなリンゴジュースが滴る中。ただただ呆然とボウルの中のさっきまでリンゴだったものを見つめるしかできない俺たちの所に、ご飯を炊き終えた新井が帰ってきた。

「あ、もうすりおろしてくれたの？　さすが、仕事が早いね紙山さん！　ありがとう」

「あ……え……こ、これで……よかった……？」

「うん。すっごく細かくなってるよ。ありがとう、紙山さん。流石《さすが》だね」

新井のこの言葉を聞いた紙山さんは、ほっとした様子で大きな胸を撫《な》で下《お》ろす。

俺はほっとしている紙山さんに声を掛ける。

「よ……よかったな！　結果オーライじゃないか」

「う……うん！　そう……だよね……。結果オーライ……だよね。あ……も、もしよかったら小湊くんのも……私、やろうか……？」

そう言って紙袋の中から明るい声を出した紙山さんは、俺が不器用に切っていた途中《とちゅう》のリンゴを見ながら言う。

「い、いいいいいや、こ、これは俺がやるから！　大丈夫だから！　練習だから！」

俺は慌《あわ》ててリンゴを持つと、懸命《けんめい》に包丁を動かした。

もしその場面を俺が見てしまったら、なんかこう……上手《うま》く言えないんだけど……今日の夜、大きな万力に潰《つぶ》される悪夢を見そうな気がした。

■　新井さんは料理をする

「ふー、なんとか皮がむけたぞ……次はすりおろすんだったよな」

俺はどうにかこうにかリンゴの皮をむき終えると新井に尋《たず》ねる。

「うん、すりおろしたらこの鍋に入れてね」

新井はコンロの前に立ち、お玉で鍋をくるくるとかき混ぜながらいつものにこにことした笑顔で言う。

「……よっと……これで終わりっと。じゃ、入れるぞ」

俺は新井の隣に立ち、今しがたすりおろしたリンゴと、紙山さんがジュースにしたリンゴを鍋に入れていく。

鍋の中ではさっき春雨が皆殺《みなごろ》しにした炒めた野菜たちが、新井が入れたであろう肉と一緒《いっしょ》にことことと煮込まれている。

既《すで》にある程度の味付けは終えているのか、鍋から立ちのぼる湯気はいい匂《にお》いをさせていた。そこに俺がリンゴを入れることで一気に香《かお》りに華《はな》やかさがまし、途端《とたん》に食欲を掻き立てられる。

「お、なんか美味《うま》そうな匂いになったな」

「でしょ？　こうやってリンゴを入れると隠し味《あじ》になるんだ」

そう言ってにこにこと笑う新井に、いい加減気になっていることを聞いてみた。

「いい匂いになったのはいいんだけど、これ、なに作ってるの？　さっき春雨に聞いたら出来てからのお楽しみとか言ってたんだけど、まだ秘密？」

するると、新井はちょっと考え込む仕草をした後、やっぱりいつもの笑顔で言う。

「うーん、まぁもうそろそろ分かっちゃうし、小湊くんにも言っていいか。私たちが作ってるのはカレーだよ」

そう言うと新井はテーブルの下からカレールーを取り出した。

「そうだったのか。別に普通《ふつう》のメニューじゃないか。教えてくれてもよかったのに」

「あはは、ゴメンね。今日はどんなメニューで戦おうか前もって三人で相談したんだよ。そしたら、紙山さんも春雨ちゃんも、揃ってカレーがいいって言うから」

「戦うって……。でも、別にそれならそれで内緒にする必要なんてなかったんじゃないか？」

「うーん……まあそうなんだけどね……あ、最後の仕上げは小湊くんにお願いしようと思ってたんだ。ルーを入れてもらえる？　それを入れてひと煮立《にた》ちさせれば完成なんだ」

「ん？　ああ、分かった。でもなんでカレーを内緒に……」

そう言いながら俺はふと思い出した。

そういや、初めての部活で行った自己紹介《しょうかい》の際《さい》、みんなの前で好きな食べ物はカレーだと言ったことがあったっけ。さっきの新井の話から察するに、今日は俺の為にカレーを選んでくれたんだろう。

どうせ作るのなら俺の好きなメニューを作って喜ばせたい。それも、出来ることならサプライズとして。春雨が内緒にしていたのはそういう意図もあるのだろう。

俺は、それが素直に嬉《うれ》しかった。

嬉しくなった俺は改めて今日の手順を思い返し……あることに気が付いた。

今日のこの料理。思えば、俺たちをまとめていたのは新井だった。

春雨に野菜を炒める指示を出したのも新井。

紙山さんにリンゴを頼《たの》んだのも新井。

そして、料理の出来ない俺にもなにか手伝わせてくれようと、ルーを入れるという簡単な指示を出したのも新井だった。

それに、今日のこの三雲たちとの練習の段取りを組んでくれたのも……。

春雨があああしてあーちゃんさんを使い炒めたり、紙山さんがああしてリンゴをすりおろしたり、それぞれの得意分野を活《い》かせるように配置してくれたのかもしれない。

そういや、春雨が魔法《まほう》の威力《いりょく》を試《ため》したいと言った時も、紙山さんがペットボトルを破裂《はれつ》させた時も。新井は笑いながら大丈夫よって言ってたっけ……。

各自が得意分野を活かして料理をし、それが良い方向に転べば本人の自信につながる。自信がつけば普段の行動に良い影響《えいきょう》を与《あた》え、俺たち会話部の目的である会話だってスムーズに行えるようになるかもしれない。

もしかして新井はそこまで考えて……。

ひょっとすると練習試合というのだって、新井なりのみんなをその気にさせる方法だったのかもしれないな……。

鍋に入れたルーを混ぜながら、隣でじっと鍋を見ている新井に感謝した。

「なんだか……ありがとな。新井は今日のこといろいろ考えてくれたんだな……」

新井は俺ではなく、鍋に視線を合わせながら答える。

「ううん、全然だよ。小湊くんもゴメンね。急に練習試合なんて言われても困ったでしょ？」

「いや、そういうことなら全然だ。これからも、俺に出来ることなら協力するからさ。紙山さんも春雨も、これで少しは自信がつくと——」

つくといいな。俺が言い終わらないうちに新井は尚《なお》も鍋を見ながらにこにことして言う。

「春雨ちゃんの魔法と紙山さんの力……このふたつが合わされば、調理部に勝つことも無理じゃないと思うのよ……。あとは――」

あれ？　俺のさっきの想像となんかズレてないか？

「ちょっと待て新井……。あれ……？　いろいろ考えてくれてたんじゃ？」

「うん？　考えたよ？　勝つ方法を」

どうも話がかみ合わない。新井は尚も続ける。

「いい？　よく考えて小湊くん。春雨ちゃんが高火力で炒めればそれだけ味に深みが増すよね。それに、リンゴは細かければ細かいほどいいっていうから、紙山さんにお願いしたの。私の狙《ねら》い通り、二人とも見事にやり遂《と》げてくれた。これで……後は私が海外から輸入した七種のスパイスを使って炊き上《あ》げた特製サフランライスの上にかければ、調理部に勝つことだって難しくはないと思うの！」

俺が考えてたのと全然違《ちが》う……。やっぱりいつもの新井だった。

この時の新井は、もう、鍋など見ていなかった。

鍋の方を向き、いつものにこにことした顔を浮《う》かべてはいるものの、彼女《かのじょ》が見つめているのは勝利のみ……。そんな顔をしていた。

呆然《ぼうぜん》としながら鍋をかき混ぜ続けている俺に向かって、不意に新井が叫んだ。

「小湊くん！　いまよ！　鍋の火を止めて！　これ以上煮ると野菜が崩《くず》れるぎりぎりのラインだから！」

「お、おう……」

俺は言われるがままにコンロの火を止めながら思う。

コイツいま、輸入とか言ってたよな……と。

■小湊波人は勝敗を告げる

「あ、小湊くんたちも出来た？　こっちはもう終わってるから、みんなで一緒に食べようよー」

そう言って明るい笑顔を向けたのは三雲だった。

こちらがどうにかこうにかカレーを作っている間、調理部の方はと言うとほかほかに炊けた白米、温かそうな湯気を立てる味噌汁《みそしる》、味がよく染《し》み込んでそうなサバの味噌煮《みそに》、小鉢《こばち》に丁寧《ていねい》に盛られたきゅうりの酢《す》の物《もの》を見事に完成させていた。しかも、それらをひとつのお膳《ぜん》に載《の》せ、さながら和定食といった風情《ふぜい》を醸《かも》し出《だ》している。

見るからに全ての品がおいしそうだった。

放課後ということもあり、一人前の量は加減して盛られているという気遣《きづか》いまである。

俺たちが野菜と戦ったりリンゴを消滅《しょうめつ》させたりしている間に、三雲たちは終始和気藹々《わきあいあい》とした雰囲気《ふんいき》の中でさらっとこれらを完成させたのだ。さすがは調理部。

こうして料理を終えた二つの部は、三雲の音頭《おんど》でいただきますを言うとそれぞれ自分たちが作った料理に口を付け始めた。

「お……これは、美味いな！」

カレーを一口食べた俺《おれ》が感想を漏《も》らすと、不安そうな顔でこちらをうかがっていた紙山さんと春雨の顔……と、紙袋《かみぶくろ》がぱあっと晴れた。

「よ……よ……よかった……。リンゴを潰しちゃったときにはどうしようかと思ったけど……おいしかったなら……よ……よかった……」

そう言ってほっとした顔をした紙山さんは、右手でスプーンを動かしてカレーをすくい、左手で紙袋の裾をちょっとだけ持ち上げスプーンを差し込んでいる。

「あ、あ、当たり前よ！　アタシたちが作ったんだからおいしいに決まってるじゃない！で、で、でも……ほ、本当に……おいしい……？　ア、ア、アタシ……よくできてた……？」

紙山さんの隣《となり》で春雨はそう言いながら不安そうな顔で俺の目をじっと見つめている。

「めっちゃくちゃ美味いよ。こんなカレーなら毎日食べたいくらいだ」

俺は、自分たちで作ったカレーの正直な感想を春雨に伝えた。

すると春雨は急に顔を真っ赤にしたかと思うとうつむき、ただでさえ小さなその体を丸め、恥《は》ずかしそうに上目づかいで俺の方を見上げる。

「ほ、本当に……？　そっか……。なら、た、た、たまには小湊の家に作りに行ってあげてもいいわよ？　あ、も、もちろんあーちゃんも一緒に！」

「それはありがたいが、俺んちで皆殺しフレアは勘弁《かんべん》してもらえると助かるかな……」

自宅のキッチンでごうごうと燃える鍋を想像し、それを頭から振《ふ》り払《はら》いながら答えた。

紙山さんも春雨も、それに、新井も。みんな笑顔で自分たちが作った料理を食べている。

春雨の魔法や紙山さんの握力《あくりょく》を見せつけられたときにはどうなることかと思ったこの練習試合も、こうして出来上がった料理がおいしければやったかいもあるかもしれない。

俺がそんなことを考えていると、ふいに隣に来ていた三雲が声を掛けてきた。

「小湊くんたちはカレーだー。私たちはサバ味噌《みそ》定食を作ったからみんなもよかったらどうぞ、食べて食べて！　はい、これは新井ちゃんの分でー、紙山ちゃんに春雨ちゃんのもあるから」

そう言って平皿に盛られ甘《あま》い湯気を立てているサバの味噌煮を俺たちの前に置いた。

「お、ありがとうな三雲」

「その代わりぃ……小湊くんたちのカレーも分けて分けてー。いやー、実は会話部さんたちが料理してる間、ずっとそっちの方からいい匂いがしてて気になってたんだよー。市販《しはん》のルーを使ったんじゃないの？　すっごいスパイスの香り！」

これには新井が答える。

「カレーは市販のルーなんだけど……見て！　このサフランライス！　最高の出来だから！　まだいっぱいあるから食べてみて！」

そう言って黄金色に輝《かがや》くコメを誇《ほこ》らしげに掲《かか》げる新井に、感嘆《かんたん》の声を漏らす三雲。

「おおっ！　これはまた随分《ずいぶん》本格的な……！　それじゃ、遠慮《えんりょ》せずいただきまーす」

三雲のこの声がきっかけとなり、会話部と調理部は互《たが》いの料理をつつきあった。

調理部の料理はどれもおいしくて、やっぱり本職にはかなわないなと思い知らされたりもした。

おいしい料理を前にしたからかは分からないが、普段《ふだん》はまともに会話が出来ない紙山さんや春雨も、いつしか調理部の部員たちに交じって会話をしたり、時には笑顔をこぼしたりもしていた。

……もっとも、それでも普通の人から見ればまだまだぎこちないかもしれないけれど。

それでも、二人はぎこちなくも楽しそうに、調理部の部員たちと交流を深めている様子だった。

みんなで楽しく互いの料理をつつきあい、話に花を咲《さ》かせている中。紙山さんがポツリと言った。

「なんだかこういうのも、た……楽しいね……小湊くん……」

俺はカレーを口に運びながら頷《うなず》いた。

紙山さんは俺の方へ紙袋を向けると、紙袋にあいた穴から真剣さの中に不安を混ぜたような瞳《ひとみ》で俺のことをじっと見ている。

「ク……クラスの人たちとも……こ……こここここんなふうに仲良くなりたい……な。なれる……かな……」

こうして会話部員以外の人ともふれあって行けば、いつか、誰《だれ》とでもちゃんと会話が出来るようになるかもしれない。今日はその第一歩だったのかも。

「あぁ、そのうちきっと。きっとな」

俺がそう返すと、紙山さんの瞳から不安が消え、代わりに決意のようなものが宿った気がした。

「そう……だね。私、がんばるね……！　あ、そうだ小湊くん……」

紙山さんは改めて俺の方を向くと、今度はちょっとだけイタズラっぽい声でこんな質問をする。

「ねぇ小湊くん……そう言えば今日って……れ、練習試合……だったよね……」

「あー……そう言えばそんなこと言って始めたっけ……」

練習試合と言って始めたこの合同練習。だけど、互いの料理を食べ、楽しく会話をしていたらそんなことなどすっかり忘れてしまっていた。

「きょ……今日は……どっちが勝ったと思う……?」

そう質問した紙山さんの声はどことなく嬉しそうだった。紙袋の中はきっと、満足そうな笑顔なんじゃないかな。

俺は紙山さんの方を向くと、今、自分が思っていることを素直《すなお》に口にした。

「そうだなぁ……。勝敗ならもう決まってるんじゃないかな……だって、ほら——」

俺がそう言いながらみんなの方へと視線を向けると、紙山さんもそれに続く。俺たちの視線の先……そこには、会話部も調理部も、みんな一緒に笑顔で会話をしている姿があった。

「今日はみんな勝ちってことで」

「そ……そうだね……うん、みんな勝ち……だよね……!」

紙山さんはそう言うと、何度か頷きながら俺の方へ向き直り嬉しそうに肩《かた》をすくめた。

俺たち会話部初の練習試合。勝敗の結果は、全員が勝者だった。

春雨さんと文化祭

kamiyama san no
Kamibukuro no
naka niha

■ 小湊波人は奮闘する

あー……えっと……。

今ものすごく忙《いそが》しいので状況《じょうきょう》だけを手短に説明すると……。

俺は今、人でごった返す教室で両手に大量の焼きそばを持ち、メイド服姿で右往左往していますす死にたい。いや、死ぬよりも先《ま》ずこの大量の焼きそばを向こうのテーブルに届けなくては……。いやもういっそメイド服姿のまま裸足《はだし》で逃《に》げ出した方が楽になる……か……？ そうだ遠くに行こう、俺のことを知ってる人がいない、どこか……遠く……。

だけど、遠くに行く前に化粧《けしょう》を落とさなきゃだよな……メイク落としってどうやるんだ……？

「すみませーん、メイドさん。こっちも注文いいですかー？」

現実逃避をしている場合ではない。

「あ……は、はい、今行きますすね」

慣れない笑顔を顔面に貼《は》り付け俺を呼ぶ声に答えながら声のした方へ顔を向けると、そこには三雲がいた。

三雲倫奈。調理部の部長にして俺と同じ一年生。俺の知り合いの中では唯一《ゆいいつ》の常識人にして俺のオアシス！

そんな彼女が俺のこの姿を見ながら、必死に笑いを堪《こら》え……いや、堪えるどころか俺をからかうような笑顔でニヤニヤと俺を呼んでいる。見ないで……こんな俺を見ないで……！

両手の焼きそばをオーダー通りのテーブルに届け終えた俺は、三雲の座《すわ》る席へと急ぐ。

何故《なぜ》なら……これが今の俺に課せられた仕事だからだ。

「い、いらっしゃいませ、ご主人様……。あぁ、その……ご注文、いかがいたしますか？」

「や、小湊くん。その衣装似合ってるよ～。で、注文なんだけど、そうだなー……」

三雲はからかうような笑顔でオーダーする。

「それじゃ、萌《も》え萌えハートの落書き付きらぶらぶ焼きそ……げふん……っあはははは、ダメーもうガマンできない」

三雲は吹《ふ》き出しながら両手で口を覆《おお》う。

「わ、笑うな！　俺だってめちゃくちゃ恥ずかしいのをガマンしてんだから！」

「いやーごめんごめん、でも、ほんとよく似合ってるよ、メイド服す・が・た。それはそうと……なんか、小湊くんのクラスの出し物……一言で言うとカオスじゃない？　なんだっけ？　焼きそばメイド女装カフェ……だっけ？　なんでこんなことになってるの？」

「ああ……俺にきかないで……真犯人は別にいるんだ……」

「………真犯人？」

死んだ目で答えた俺に三雲が首を傾《かし》げると、こちらのテーブルに近づいてきた女子が一名。にこにことした笑顔で話《はな》し掛《か》けてきた。

「こんにちは三雲さん。私たちのクラスに来てくれてありがとう」

真犯人《あらい》だ。

「やっほー新井ちゃん。いやー大盛況《だいせいきょう》だねー。こんなにお客さん集めてるクラスも中々ないんじゃない？」

そう言って教室を見渡《みわた》す三雲。

俺たち一年一組の教室内に所狭《ところせま》しと並べられた座席は既に満員だった。客でごった返した座席の間を、俺と同じようなメイド服に身を包んだ男子たちが焼きそばを片手に駆《か》け回っている。皆《みな》、ふりふりでひらひらのメイド服を身に纏《まと》い、顔には化粧までして客の注文に対応していた。

外にはまだ空席待ちの行列が出来ていたが、どこまで並んでるかを確認《かくにん》する時間も無いくらい、俺はただ目の前の客をさばくことに必死にならざるを得なかった。

大盛況の教室内を見てにこにこと笑う新井。

「ありがとう、でもおかげですごく大変なのよね」

新井の笑顔に質問を重ねる三雲。

「ね、ねぇ新井ちゃん……なんでこのクラス、こんな出し物になってるの……？」

真っ当だ。至極《しごく》真っ当で普通な感覚の質問だ。

クラスの一員である俺ですら、なぜこんなことになっているのか理解できないのだから。

新井はやっぱりにこにこと、朝起きたらおはようございますと言うのよとでも言うかのようにさらっと答える。

「みんなの意見を合わせた結果こんな感じになったの」

「あー………一年一組、だいじょぶ……？」

「大丈夫よ、三雲さん」

クラスは大丈夫だと思います。新井が大丈夫かどうかは、もう俺には分かりません……。

確かに新井が今言ったことは間違《まちが》ってない。

なぜこんなことになってるのか。理由はこうだ……。

文化祭での出し物を決める際、ある者が言った。

「模擬店《もぎてん》でいいんじゃない？　焼きそばとか売ったりしたら楽しそう」と。

また別の者が言った。

「メイドカフェなんか面白《おもしろ》いんじゃね？」と。

そして、また別の者が言った。

「ちょっと変わった面白いことがやりたいよな、女装カフェとかさ」と……。

みんなの意見を取りまとめていたクラス委員長の新井は、うんうんといつもの笑顔で頷いて意見を聞いていたが『よし、それなら全部混ぜちゃいましょう、大丈夫だから』と、言ったのだ。笑顔で。

……こうして。

男子がメイド服に身を包み、あろうことか化粧までして客に焼きそばを振る舞《ま》うという、世にも奇妙《きみょう》な焼きそばメイド女装カフェが誕生した。

しかもメイドカフェらしさを追求し、焼きそばの上にケチャップで文字を書いたり美味《おい》しくなっちゃうハートマークを描《か》いたりする謎《なぞ》のサービスも盛り込まれ、変なことをやってるクラスがあるらしいぞと口コミで広まり、結果はこの大盛況である。

だが、大盛況なのは他にも理由があった。

「わぁ、新井ちゃんもメイド服なんだね、かわいい」

「そう……かな、ありが……とう」

三雲の声に恥ずかしそうに下を向く新井。

我《わ》がクラスの出し物は焼きそばメイド女装カフェなのだが、ついでなので女子も着てしまえということでクラス全員メイド服姿に身を包んでいる。男子はともかく女子までもが全員メイド服姿ということで、一目見ようという男子連中もいたりするからこそのこの盛況っぷりだった。

当然新井もメイド服を着ているわけなのだが……。

「あのね三雲さん。このメイド服はビクトリアスタイルのハウスメイドをモチーフにしてるの。生地《きじ》は流石に当時の物は取り寄せられなかったんだけど厚めの綿サテンを使ってて結構本物っぽく見えるでしょ？　頭のブリムはシンプルだけど実用性重視のものを選んでみて……そうそう、中にはちゃんとパニエも――」

「えーと……あ……あはは……。そうなん……だ……。あー……こ、小湊くん、焼きそば、急がなくていいから……ね」

新井の勢いに圧倒《あっとう》された三雲は左右に視線を泳がせながら俺に助けを求めている。急がなくていいからね、とわざわざ言うということは、つまりそういうことなのだろう。

俺が新井の話題をどう変えればいいか思案していると、三雲が新井から逃《のが》れるようにして泳がせていた視線の先になにかを見つけた。

「ほんと急がなくていいか……ら……あれ……？　あっちの人……もしかして」

三雲の視線は、教室の隅《すみ》に設けられた調理スペースで奮闘するひとりの女生徒に向いていた。一際《ひときわ》背の高いメイド服姿のその女生徒。周りより頭ひとつ分くらい背の高い彼女は、頭にはひらひらとしたレースが縫《ぬ》い付《つ》けられた紙袋を被《かぶ》り、焼きそばを焼くためのコテを持ち、全身から汗をしたたらせている。メイド服に包みきれなかった胸が零《こぼ》れ落《お》ちそうになるのを時折直しながら、熱々の焼きそばと格闘《かくとう》している紙山さんだった。

俺はオーダーを取ったり焼きそばを運んだりするホール班であり、紙山さんは調理班だ。ちなみに新井はクラス委員長として、全体を統括《とうかつ》する役割を担い、なんの過不足も無くキビキビと仕切っている。

人前に出るよりましとはいえ、緊張《きんちょう》しやすい紙山さんだ。調理部との練習試合の時に見せた緊張によるあれやこれやが起こらないといいな……と、文化祭が始まる前は心配したりもしていたのだが、俺の心配を他所《よそ》に、紙山さんは懸命に、そして、それなりに手際《てぎわ》よく焼きそばを炒《いた》めている。

表に出る場所を担当しなかったのは、紙山さんにとってもクラスにとっても良かったのかもしれない。

俺はさっきの三雲の質問に答える。

「あぁ、紙山さんは調理班なんだ。結構上手いよね。練習試合が活きたかな」

「ほんとほんと、手際いいし調理部に来たらいいのに～」

三雲はそう言ってイタズラっぽく笑う。

この前の練習試合の時もあのくらい動けていたら、もっと紙山さんも楽しかっただろうな。そんなことを考えていると、三雲が紙山さんの方へと手を振りながら大きな声を出した。

「やっほー、紙山ちゃーん！　来たよー！　美味しい焼きそばよろしくー！」

何人かの調理班がこちらを見たが、紙山さんは手元に視線を落とし目の前の作業に集中しているのか、こちらには全く気が付いていない様子だった。

まぁ、慣れない作業に加え、普段はあまり接点のないクラスメイトたちに囲まれているのだ。なにも目に入らなくなってしまっても仕方ないか。

横を見ると三雲も、仕方ないなぁみたいな苦笑いを浮かべつつイタズラっぽく口を開く。

「もー、紙山ちゃんが遊んでくれないんじゃ、小湊くんに遊んでもらおっと。えーと、さっきの焼きそばに、この『萌え萌えラブリー光線』を追加で！　もちろん運んでくるのは小湊くんで！」

そのメニューは……萌え萌えラブリ～♪　みたいな呪文《じゅもん》を唱えながら焼きそばの上に載

せられた薄焼《うすや》きタマゴにケチャップで落書きを提供するという禁断の……。

「ダメだ、売り切れだ」

俺が断ろうとすると、隣で俺たちのやり取りを眺《なが》めていた新井がにこにこしながら言う。

「はーい、萌えラブ一人前ですね、承《うけたまわ》りましたご主人様」

それはもう楽しそうに。

三雲もご主人様になりきった様子で、うむ、そこの小湊を指名だからな、などと言っている。

「い、いや！　売り切れ！　売り切れだから！」

そう言って逃げようとする俺が横目で新井を見ると、新井は心の底からなにを言っているか分からないという顔で俺の方へと首をこてり。

「なんで？　売り切れてないよ？　どうしたの、小湊くん。大丈夫《だいじょうぶ》？　大丈夫よね、うんうん。私、オーダー通してくるね」

……五分後。

お客さんでごったがえす教室の中で俺は、大きな声で萌え萌えラブリーの呪文を唱えることになるのだが……そこについては割愛《かつあい》させてくれ……お願いだから……。

■ 小湊波人は叫《さけ》んでみる

「ちょっとー、キャベツそっちにある？」

調理班の方からこんな声が聞こえてきた。

それに呼応するように次々と声が上がる。

「いや、こっちにもないな。困ったな……あと十人前が限界かも……」

「ソースも足りないよー」

調理班の端《はし》っこで、紙山さんもおずおずと片手を上げている。

「あ……あの……麺《めん》がもう……無くって……」

ああやってクラスのみんなとも意思の疎通《そつう》が取れ始めていることに心の片隅《かたすみ》でほんのちょっぴりだけ嬉しく思いながら、俺は俺で次々に仕上がってくる焼きそばを各テーブルに運ぶホールの仕事に忙殺《ぼうさつ》されていた。

一年一組の焼きそばメイド女装カフェは思いの外大盛況だった。

『やりたいこと全部やりましょう、大丈夫《だいじょうぶ》だから』と、こんなカオスな出し物を企画《きかく》してしまった新井の手腕《しゅわん》なのか、メイド服の力なのか。うちのクラスは当初の想定を大きく上回る売り上げを記録しているらしい。

それ自体は嬉しいのだが、予想に反してお客さんが大勢来たおかげで、色々な食材が足りなくなってしまっているらしく、楽しそうなお客さんとは裏腹にクラスの中には逼迫《ひっぱく》した状況が差《さ》し迫《せま》っていた。

テーブルは今も満席で、外の行列も途《と》絶《だ》えてはいない。

現在時刻はお昼をちょっと回った頃《ころ》。文化祭が終わるまでまだ数時間ある。

ここで食材が切れてしまっては、俺たちはこの後なにもできなくなってしまうし、外に並んでいるお客さんにも迷惑《めいわく》を掛けてしまう。

そんな中、調理班の方から声が聞こえてくる。

「そう言えばさっき、新井さんが近くのスーパーに配達を頼んだからもうすぐ持ってきてくれるって言ってたけど……」

「新井さんはどこ行ったの？」

「実行委員に定時報告に行くって出て行ったばかりだからしばらくは帰ってこないと思う」

新井のやつ、そこまで見越《みこ》してすでに注文していたとは……。

アレでちょっとズレたとこさえなければいつもにこにこしてる優秀《ゆうしゅう》ないい奴《やつ》なのにな……などと考えていると、俺の視界の端で女生徒が窓の外を指差して叫んだ。

「あ！　見て！　昇降口《しょうこうぐち》の所、あれって配達の人じゃない？　ちょっと男子、取りに行ってきてよー」

とある女子がこう言うと、近くにいた男子たちが返す。

「こっちは今手が離《はな》せないんだよ。誰か手の空いてるヤツいねーの？」

「こっちも今は無理、オーダーが全然捌《さば》けてなくって……」

ざっと見渡すと、調理班もホール班も、俺を含《ふく》めた全員が忙しく働いていて誰も抜《ぬ》けられる状況ではなさそうだった。

こんな時……新井ならきっとテキパキと仕事の割《わ》り振りをしてくれるんだろう。新井の手腕を知ってるクラスメイト達も文句なく従うはず。

だが、新井のいない今、クラスにそういった段取りを仕切れる生徒はいなかった。もちろん俺にもそんな能力など無い。

誰かが手を止めて荷物を取りに行かなきゃいけない。それは分かってる。でも、みんながみんな目の前の仕事にかかりきりで、誰も取りに行く気配はなかった。

それに……。理由は多分それだけじゃない。

俺は焼きそばを運ぶ途中《とちゅう》、チラリと窓の外に視線をやる。

そこには、スーパーの人が台車に載せて重そうな段ボールをいくつも昇降口に運び込んでいる姿が目に入った。見るからに重そうな箱がいくつも積み上げられていく。

アレをこの教室まで運ぶのか……。

女子には文字通り荷が重い仕事かもしれないし、男子だってアレを運ぶとなると相当に骨が折れる。そして、労力に反して孤独《こどく》で、楽しくもない。誰がやってもいい仕事だ。

そりゃあ誰も自ら手を上げないよな……。

さてどうしたもんかと考えていると、だんだんと調理班から上がってくる声が切迫《せっぱく》してくるのが分かる。

麺ラスト！　とか、キャベツ終わり！　という切羽詰《せっぱつ》まった声が上がり始め、いよいよ余裕《よゆう》が無くなってきた状況がホールの俺にも窺《うかが》い知《し》ることが出来る。

みんな、自分以外の誰かが行ってくれるだろうと思って目の前の仕事にかかりきりになっている。

この際、俺が行ってもいいかと思い手を上げようとすると、調理班の隅っこの方でおずおずと手を上げる一人の女子の姿が目に入った。

紙山さんだ。

その上がった手を見た調理班の連中の視線はこう言っているようだった。

適材適所だ！　と……。

少しずつはクラスのみんなとの距離《きょり》が近くなってきたとはいえ、紙山さんはまだクラスから浮いている。それに物凄《ものすご》い力持ちでもある。

確かに紙山さんが行くのが適任だ……と、彼《かれ》らにはそう見えたのだろう。

その視線に気づいた時……俺は足を止めた。

心が、もやもやする。

もし、今手を上げたのが紙山さんじゃなかったら。

もし、他の女子が一人で行くと言い出したらどうなっただろうか。きっと友達が何人か一緒《いっしょ》に行くと言い出したり、男子が仕方なさそうに行くことになったりしたかもしれない。

それがなんで紙山さんの時にはみんなが揃《そろ》いも揃ってそんな視線を向けるんだ？

紙山さんならいいのか？　本当に紙山さんが一人で行くのが適任なのか？

もっとも、彼らがそう思ってしまうのも仕方がないんだろう。

彼らはなんの悪気もなく、目の前の仕事に追われながらそんな目をしてしまっただけなのだ。

それに……。

俺はチラリと紙山さんの方を見ながら、彼女が練習試合の時に言っていた言葉を思い出す。

『ク……クラスの人たちとも……こ……こここここんなふうに仲良くなりたい……な。なれる……かな……』

仲良くなるってのはこういうことじゃない……多分。

なにが正解かは分からないけど、これが不正解なことだけは俺にも分かる。

ならどうすればいいか。

紙山さん自身の判断に任せこのまま行かせる。

……いや、これは紙山さんの判断じゃない。クラスの空気が彼女を押《お》し出しただけだ。

なら、俺も一緒に行くと言って二人で行くか。

……いや、これも違う。

多少はクラスでの株も上がるかもしれないが、きっと彼らは自分の代わりに損をしてくれた人としか認識《にんしき》してくれない……ならどうすれば。

お客さんは待っている。

クラスのみんなは困っている。

全部いいとこどりなんて出来るわけがない。

みんなで納得《なっとく》のいく答えを出すために相談する時間もない。

このカフェを円滑《えんかつ》に回すことだけを考えるなら、やはり紙山さんだけを行かせるのが正解なんだろう。紙山さんのフィジカルならあのくらいの大荷物、きっと簡単に持てる。

でも、それは俺の中では正解じゃない。絶対に。

ならどうするか……。

満員の座席から聞こえるお客さんたちの楽しげな声。

クラスメイトたちの困った顔。

紙山さんの手から離れたコテ。

山積みになった空の段ボール。

教室から出て行こうとする紙山さんの背中。

俺は想像する。

紙山さんは……紙山さんの紙袋の中には、今どんな顔が入っているんだろう……。

俺は、運んでいる途中の焼きそばを両手に持ったまま、その場で大きく息を吸い込むと声を限りに叫んだ。

「……だ、第一回！　メイド服で荷物持ち競争おおおおおお！」

ざわめきがピタッと止まった。

一瞬《いっしゅん》にして静まり返るクラス。

クラスメイトもお客さんも、全員の視線が俺に集中しているのが分かる。

恥ずかしさに顔から火が出そうになる中、俺は続けて叫ぶ。

「……い、今から足りない食材を取りに行く荷物持ち競争を……か、開催《かいさい》します！　参加者は俺！　……と、あと、クラスの有志！　それに……女子部門からは紙山さん！　お客さんは誰が一番になるか予想してください！　正解者には焼きそば一皿プレゼント‼」

俺が言い終えると、お客さんからはわーっと歓声《かんせい》が上がった。

そして、そんな俺を見てクラスの男子数名から、しかたねーから参加してやるぜ　みたいな声が聞こえてきた。

きっとみんな、心のどこかで紙山さん一人に行かせることに罪悪感があったのだろう。

俺の咄嗟《とっさ》の提案はそこそこすんなり受け入れてもらえたようで、俺は内心ほっとしていた。

ざわめきと歓声の中で数名の参加者が決まっていく。

参加者が簡単な自己紹介《しょうかい》をして、お客さんはそれぞれに手を上げ投票していく。

こうして調理の手を止めたり人員を大量に割《さ》いたりすることは、このカフェを効率的に回すという観点からは最悪なんだろう。でも、これは文化祭だ。お祭りなんだ。それも、俺らが楽しむお祭りだ。楽しくない人がいるのなら、それは失敗だ。その為《ため》に、少しくらいお客さんを待たせたって、バチは当たらないだろう。

紙山さんは紅一点ということもあり、お客さんからの投票は一番人気だった。

そうこうしているうちに仕切り役に躍《おど》り出《で》た女子の一人が叫ぶ。

「なんだか急にはじまっちゃった競争ですが、誰が一番にこのクラスに帰ってくるのでしょうか！　それでは位置について、ヨーイ……スタート！」

俺たちは勢い込んでクラスのドアから外に出た。

俺は慣れないメイド服のスカートに足を取られ、みんなから遅《おく》れて廊下《ろうか》へと出る。

出遅《でおく》れた俺が見たもの……それは、クラスの錚々《そうそう》たる男子たちを置き去りにし、廊下を物凄いスピードで疾走《しっそう》するびしょ濡《ぬ》れメイド服姿の紙山さんだった。

生徒やお客さんでごった返す廊下を的確に人にぶつからないようにキレッキレの速度で疾走しながらあっという間に階段の向こうへと消えて行った。

追いかけなきゃ……と思う間もなく、紙山さんはあっという間に段ボールをふたつも肩に抱《かか》えて帰ってきた。

俺は思い出す。

ああ……そういや昔、この段ボールみたいに担《かつ》がれて校内を疾走したことがあったっけ……と。

紙山さんは俺《おれ》がまだ折り返してすらいないうちに一番で教室に駆け込んだ。クラスから巻き起こる大きな拍手《はくしゅ》を背中で聞きながら、俺は廊下を駆け抜け、階段を降り、息を切らしながらようやく昇降口に辿《たど》り着《つ》くと、重たい段ボールへと手を掛けた。

なんとか運び込んだ段ボールを調理班へ渡《わた》し、疲《つか》れた足でホールの仕事へと戻《もど》ろうとする俺の耳に調理班のみんなの、紙山さんスゴい速かったね、などという賞賛の声が聞こえてくる。

紙山さんはいつものように照れて紙袋《かみぶくろ》やメイド服をびっしょりに濡らし、ぽたぽたと汗《あせ》を床《ゆか》に滴《したた》らせながら対応に困っている様子だった。

そんな紙山さんを見て調理班の女子が言う。

「あ、紙山さん、紙袋ぐっしょりになっちゃってない？　そうだ！　これ被ってみなよ！」

そう言って彼女《かのじょ》が手渡《てわた》したのはさっき届いたばかりの食材が入っていた紙袋だった。

茶色い袋《ふくろ》の外側には大きく『中太麺　やきそば』と書かれている。

紙山さんは手渡されるままに焼きそばの入っていた紙袋を受け取り、その場でくるんと皆に背中を向けると、流れるような動作でびっしょりになった紙袋をはぎ取り、手渡された紙袋を被り直すと正面にふたつ、まあるく穴を開け振《ふ》り返《かえ》る。

調理班のメンバーから歓声が上がると、紙山さんはまたびっしょりと汗をかきながらさっきはぎ取った紙袋から白いレースを外し、今被っている焼きそばの紙袋へと付け直した。

調理班から温かい笑いがこぼれる。

なんだかんだで溶《と》け込めたようだった。

紙山さんは照れくさそうに自分の仕事に戻ろうと近くにあったコテを掴《つか》みかけて、ふと、俺の視線に気が付いた。

紙袋に開けられたふたつの穴から俺の方を見る大きな瞳は、ちょっと離れたここからでも分かるくらい、にっこりと笑っていた。

そんな紙山さんに、俺も軽く笑いながらコクリと頷く。

まぁ、こうやって少しずつ慣れていけばいいよな。

そんなことを考えながらその場を後にした俺の肩を誰かが叩《たた》く。振り向《む》くとそこには三雲がいた。

「よ、小湊くん。さっきはカッコよかったね」

「最下位がか?」

俺は全参加者の中でもブッチ切りの最下位だったのだ。

「順位じゃなくって……。ま、それはいいや。それにしても小湊くんさぁ……なんで会話部にいるの……？　本当に」

　お客さんでごった返す教室のすみで、三雲は明るくイタズラっぽい笑顔《えがお》で質問する。

「だから、前にも言ったろ？　普通《ふつう》の高校生活の為だって」

　すると三雲は急に真剣《しんけん》な顔になった。

「それは前に聞いたよ。でも……小湊くんのやってること、全然普通でも平穏《へいおん》でもなくない？」

　確かに、俺のやってることは普通でも平穏でもない。さっきの一件をとってみても、明らかに普通とはかけ離れてる。

　何をどうすればいいか分からない、でも、あのまま何もしないという選択肢《せんたくし》だけは俺の中ではなかった。その結果が、さっきのレースだった。

「まぁ、なんだろうな……。成り行きだよ、成り行き」

　とっさに適当に答えた俺に三雲が追い打ちをかける。

「ふーん？　成り行きかぁ……ただの成り行きであんなことまでするかな……」

　そう言いながら三雲は、俺の目を見たまま急にこちらへ体を寄せてきた。三雲の顔が目の前に来て、思わずドキリとしてしまう。

　三雲はいつになく真剣な声のトーンでポツリと質問を落とす。

「……ねぇ、紙山ちゃんだから？　困ってたのが紙山ちゃんだったから助けたの？　それとも、さっき困ってたのが紙山ちゃんじゃなくて……他の誰《だれ》かでも同じことした？」

そう言いながら三雲は真剣な表情で俺の目をじっと覗《のぞ》き込む。

……そもそも俺はなぜあんなことを言い出したのか。俺自身にすら、本当のことは分からなかった。ただ、あのまま何もしないで紙山さんを見送るのが正しいとは思えなかった……それだけだ。

俺が明確な答えを用意できないまま言葉に詰《つ》まっていると、三雲は突然《とつぜん》くるっと明るい笑顔に戻った。

「……ま、いっか。困らせてゴメンネ。小湊くんがもし本当に普通の高校生活が送りたいなら調理部に来なよ。困ってる時に助けてくれる王子様ならいつでも歓迎《かんげい》だから」

イタズラっぽく笑う三雲の真意を測りかね、荷物持ちならまかせろ、とだけ返す。

「あはは、さっすが最下位。頼《たよ》りになりそうだね」

そう言って笑う三雲の向こうに、照れながらも懸命《けんめい》に焼きそばと格闘する紙山さんの姿を見ながら俺は、ホールの仕事へと戻った。

■紙山さんは間違えられる

嵐《あらし》のような労働が終わり、休憩《きゅうけい》時間。

俺は、準備室になっている隣《となり》の教室でメイド服を脱《ぬ》ぎ、ぐったりと座り込んでいた。

ただでさえ体力を消耗《しょうもう》したレースの後も、次々に訪《おとず》れるお客にメイド服姿で焼きそばを運び続けた俺は体力的にも、あと萌え萌えハートがどうのと小《こ》っ恥《ぱ》ずかしいことを言わされながらケチャップでハートの落書きをさせられた精神的にも疲れていたのだ。

冬眠《とうみん》したい……。春まで、いや来世まで……！

「お……お疲れさま、小湊くん……」

ふと見上げると、そこにはメイド服姿の紙山さん。

「あぁ……お疲れ……本当に……」

「あ……あのね……私も今から休憩で……。その……えっと……」

紙山さんはなにやら言いづらそうにもじもじしながら、やきそばと書かれた紙袋（レース付き）を湿《しめ》らせ、すらりと長い両腕《りょううで》を体の前に回す。

大きな胸が腕《うで》の上にのっかりぷるんと揺《ゆ》れる。

紙山さんが着られるようなサイズが無かったのか、彼女のメイド服は体にぴったりとフィットし、胸元《むなもと》は大きく開いていた。大きく開いた胸元から零れそうなメロンのような胸。そして、その柔《やわ》らかそうな胸の表面にはうっすらと……とはとても言えないほどの大量の汗をかいている。

紙山さんがもじもじするたび胸の表面の汗が肌《はだ》の上を滑《すべ》り、胸の谷間をつたってメイド服の中に消えていくのをぼんやりと眺めながら俺は、あぁ……来世は汗に生まれ変わるのもいいかもしれないな……と疲れ切《き》った頭で考えていた。

「あ、紙山ちゃんの胸見てるでしょー、エッチだなー小湊くんは」

突然の声にビクッとしながら紙山さんの隣に視線をやると、制服姿の三雲がイタズラっぽい笑みを浮《う》かべて俺の視線の先を目で追っていた。

「い、いや、違《ちが》うぞ……！　断じて違う！」

慌《あわ》てて否定する俺に追い打ちをかける三雲。

「そんなに慌ててるってのがまず怪《あや》しいなぁ、うんうん」

「そ、そんなことない！　ちょっと来世についてだな……その……考えてて……」

嘘《うそ》はついてない。嘘は……。

「来世……？」

「そ、そんなことはどうでもいいから！　そ、それより二人してどうしたんだ？」

なんとか取《と》り繕《つくろ》って対応する俺に、三雲が言う。

「なーんか、小湊くんって時々変なこと言うよね。ま、いっか。えっとね……さっき紙山ちゃんとお話ししてたんだけどね」

そう言って紙山さんの方を見る三雲に、紙山さんは緊張で体を固くしながらコクリと頷《うなず》く。頷いた拍子《ひょうし》に紙山さんの紙袋に付けられたレースの先から汗が一粒《つぶ》、俺の顔にぴちゃりとかかった。

「あ……あのね……私もこれから休憩で……。三雲さんも時間があるみたいだからその……こ、これから三人で文化祭を見て回らない……？」

「そーゆーことー。小湊くんもよかったらどう？　ってか一緒に行こうよー」

二人して俺を誘《さそ》いに来てくれたのか。

正直、疲れ切っていた俺はこのまましばらくここで休んでいたかったのだが、二人の気持ちが嬉《うれ》しくって素直《すなお》に腰《こし》を上げた。

……それに、心配なこともあるし………。

出発する前、クラスにいた新井にも声を掛けたのだが、まだクラスの仕事が終わらないから一緒にはいけないのよ、と断られてしまった。

代わりに焼きそばのサービス券を何枚か渡され、お客さんの勧誘《かんゆう》も出来たらして来てね、と言われてしまった。ほんと、仕事に対してはきっちりしてるヤツだなと感心してしまう。

ともかく。

こうして文化祭を見て回ることになった俺たち三人。

いつもは殺風景な校舎も、今日ばかりはカラフルに装飾《そうしょく》されている。文化祭の名に恥じないお祭り騒《さわ》ぎだ。校舎内のいたる所が飾《かざ》り付けられたり、各団体の出し物の告知ポスターで埋《う》め尽《つ》くされたりしているのを見ながら、この溢《あふ》れ出る非日常感に内心ちょっとだけウキウキしていた。

校舎内には生徒たちに加え、保護者《ほごしゃ》の方々や近隣《きんりん》の住民なんかも来てくれているようで、小さな子供からお年寄りまで、いろいろな人でごった返していた。

周りがお祭り騒ぎな状況《じょうきょう》とあって、普段《ふだん》から紙山さんのことを見慣れている生徒たちはもちろん、来客の人たちもきっとなにかの出し物かコスプレなのだろうと解釈《かいしゃく》してくれているのか、パツンパツンのメイド服を着て紙袋を被った紙山さんが校舎内を徘徊《はいかい》していてもあからさまに驚《おどろ》く人はいなかった。

「まずはどこから見て回ろうかなー、紙山ちゃんはどこか見たいトコある？」

楽しそうにパンフレットを取り出した三雲と、それを横から覗き込む紙山さんを見ながら俺は、新井の企画してくれた練習試合も無駄《むだ》じゃなかったんだなと改めて思う。

こうして会話部のみんなに普通の友達が出来てくれれば、きっといつかは――

そんなことを考えていると、廊下の向こうから小さな女の子が俺たちの方へ向かって走ってきた……かと思うと、紙山さんの足に向かって思いっきり飛びついた。

女の子は紙山さんの顔を見上げると楽しそうにこう言った。

「ねぇ、おねーちゃん！　おねーちゃんはなんの出し物やってるの？　お化け屋敷《やしき》？　わたし、行きたーい！」

全身びっしょりと濡れたサイズの合わないメイド服に身を包み、頭からすっぽりと『中太麺　やきそば』と印刷された紙袋を被った紙山さんは確かにオバケに見えなくもない。

ちびっこよ、このおねーちゃんはメイドさんなんだぞ。オバケじゃないんだぞ。

突然のことに驚いて固まっている紙山さん。

隣にいた三雲も、どう答えていいやらで苦笑いを浮かべ困っている様子だ。

俺はその場にしゃがみこむと、ちいさな女の子に視線を合わせる。

「俺たちの文化祭は楽しいか？」

「うん、とっても楽しいよ！　さっきは風船をもらったしね、手品も見たしー……。あ！

わたあめも食べたんだよ！」

とっても楽しそうに話す女の子に俺はにっこりと笑いかける。

「そっかそっか、それはよかった。俺たちは焼きそばメイド女装カフェをやってるんだ。よかったら食べにきてね。このおねーちゃんは焼きそば焼くの上手《うま》いんだぞー」

そう言いながら女の子に俺たちのクラスのサービス券を渡す。

「めいど……やきそば……？」

女の子は最初ぽかんとした顔をしながら焼きそばの描《えが》かれたサービス券と紙山さんの顔……というか所々湿った紙袋を見比べた後、彼女の中でなにかの合点《がてん》が行ったのか大きく頷いた。

「ありがとう！　オバケの焼きそば！　食べにいく！」

そう言いながら廊下の向こうの方でこちらを心配そうに眺めていた母親らしき人の所へと駆《か》けて行った。

俺は、隣でまだ固まったままの紙山さんの方を向く。

「やったな、紙山さんのおかげでお客さんひとりゲットだ」

俺がそう言うと、紙山さんはこちらへ顔を……もとい紙袋を向ける。

「……私、や……役に立てた……ってコトなの……かな……？」

俺が頷くと、紙山さんは身体の前で両手をきゅっと握《にぎ》りちょっとだけ嬉しそうな仕草をして見せた。

「あ……あとね……私……オバケっぽい……かな……？」

「ぶ、文化祭だからじゃないか？　いくつかのクラスじゃお化け屋敷やったりしてるし……。それに、さっきの子、とってもいい笑顔だったよな。お化け屋敷の良いおばけにでも見えたんじゃないかな……」

良いおばけとは……。

自分で言っておいてよく分からないが、ともかく、普段は怯《おび》えられたり避《さ》けられたりしている紙山さんが、今日のこの文化祭という場においては好意的に受け入れられていることだけはあの女の子の反応を見る限り明らかだった。

俺の言葉にちょっぴり紙袋を傾《かし》げながらも、紙山さんも子どもの笑顔は嬉しかったようで、廊下の向こうの方へ軽く手を振っている。

「さて、それじゃそろそろ行こうぜ。よーし、どこから見て回ろっか」

良いオバケか悪いオバケかはともかく。せっかく紙山さんが違和感《いわかん》を持たれず行動できる機会なのだ。そう考えると、俺も少しは気が楽になってくる。

せっかくの文化祭だ、大いに楽しんでやろう！

俺たちはパンフレット片手に意気揚々《いきようよう》と廊下を蹴《け》った。

■　会話部は失敗をする

それから俺たちは、時間の許す限り校舎内を見て回った。

と言っても三雲が調理部の他の部員と交代するまでのわずかな時間だったのだけど、それでもとても楽しかった。

時間的に次が最後になりそうなとき、騒がしい校内で隣を歩いていた三雲が俺に尋《たず》ねる。

「あー面白《おもしろ》かったね……私はもうそろそろ部に戻らなきゃいけないから次が最後かなー……あ、そう言えば会話部はなにか出し物してないの？　春雨ちゃん、今日はずっと姿を見てないけど」

この質問で、俺は嫌《いや》な事を思い出してしまった。

いや、忘れていたのではない。ずっと考えないようにしていたのだ。

「あー……俺たちか……。やってるといえばやってるんだけど……」

歯切れ悪く答える俺に三雲が詰め寄《よ》る。

「あ、それじゃ最後はそこに行ってみようよ……でも、あれ？　新井ちゃんはクラスの仕事があるって言ってたし、小湊くんと紙山ちゃんはここにいるってことは……春雨ちゃん一人？」

「あぁ、展示というか……なんというか……。ま、まぁ一人いれば十分な出し物だから今は持ち回りで春雨が番をしてくれてる時間なんだけど……あー……」

「そうなの？　それじゃ、そっちに顔出してみようよ、春雨ちゃんにも会いたいし」

そう言ってグイグイと会話部の部室の方へ歩き出そうとする三雲を前に、俺の気は進まなかった。

いや、後で顔を出そうとは思っていた。

だが、アレを知り合いに見られるのかと思うと、どうしても気が進まなかったのだ。

紙山さんの方をチラリと見ると紙山さんもどうやら同じことを考えていたようで、困ったように肩《かた》をすくめている。

そうは言っても公開しているモノなのだ。今更隠《いまさらかく》しても仕方がないかと思い直し、三人で会話部の部室へと向かい、部室のドアを開け、そこにあったものを見た三雲が一言。

「あー……えっと……小湊くん……紙山ちゃん……。なに……？　アレ……？」

校舎の隅《すみ》にある会話部の部室周辺は人影《ひとかげ》もまばら。お客さんはもちろん、生徒たちの姿もあまり見えない。そんな部室のドアを開けた三雲が目にしたモノは……段ボールだった。

段ボールを真ん中にして、両隣《りょうどなり》には魔法《まほう》少女のパネルが二枚。あーちゃんさんとキッコさんのパネルに挟《はさ》まれるように大きな段ボールがひとつ、ぽつんと置いてある。

そして、ちょうどお客さんが来ていたのか段ボールの前には大人しそうな女生徒が二人。口をぽかんと開けて立《た》ち尽くしていた。

騒がしい校内とは打って変わって、静まり返った部室の中。段ボールの中から声が聞こえてくる。

「あ、あ、あのね、アタシは会話練習ＡＩ搭載《とうさい》の……えっと……あの……と、と、とにかく！　アタシに話《はな》し掛《か》けて会話の練習をしてね！」

段ボールの前で立ち竦《すく》んでいる女生徒は、しばらく押し黙《だま》った後、おずおずと口を開く。

「あ……そ、それじゃあ……えー……今日はいい天気……ですね……」

段ボールが一瞬、ビクンと浮かび上《あ》がる……と、同時に反応を待っていた女生徒もビクンと飛び上がった。

文化祭の喧騒《けんそう》も遠くに聞こえる静かな部室で段ボールはガタガタと揺れ、大人しそうな女生徒たちもまた小刻みに震《ふる》えている。

「て、て、天気の話題ね！　任せておいて！　き、今日の天気……天気は……な、なによコレ！　箱の中だと真っ暗でなんにも見えないじゃない……！　な……なにも……なにも見えない……。真っ暗……どうしよう……。真っ暗……怖《こわ》い……怖いよ……暗い……そ、それに……寒い……寒いのよ……ここ……」

気味の悪いセリフが箱の中から聞こえてきて、二人の女生徒は互《たが》いに手を取り合って怯えている。

そんなことなど知らない段ボールはガタガタと揺れながら尚《なお》も言葉を続ける。

「暗い……寒い……。あ、あ、あーちゃんはどこ……？　どこにいるの……？　真っ暗なの……。こ、怖い……。助けて……助けてよ……！　ねぇ助けて！　あーちゃん！」

助けて助けてと連呼しながら揺れる段ボールを目にした女生徒たちは、悲鳴を上げながら一目散に逃《に》げ出《だ》して行った。

隣の三雲が言う。

「分かった！　つまりアレは……呪《のろ》いの箱……？」

「全然違うんだが……アレがなんなのか……もはや俺たちにも分からん……」

すると、隣にいた紙山さんがそっと口を開く。

「そ……そうだ……毛布……！　毛布を持ってきてあげれば寒くないかも……私、ちょっと探してくる……！」

「あぁ……毛布もいいけど、それよりもう限界……だよな……」

毛布を探しに行こうとした紙山さんを片手で軽く制すと、俺は段ボールに近付いた。

ガタガタと揺れる段ボールに手を掛け、勢いよく上に持ち上げる。

「た、助けて……寒い……ここは暗いの……キャアア！　ま、眩《まぶ》しい！　目が……目が焼ける……!!」

俺の目の前には両手で目を押《お》さえ、のたうちまわる春雨の姿があった。

「落ち着け春雨！　俺だ、小湊だ！」

「こ、こみな……と……？　アタシ……アタシ……」

「もういい春雨、よくがんばった……。なにをがんばったかは俺にもよく分からないけどとにかくがんばった……」

そう言いながら目に涙《なみだ》を滲《にじ》ませている春雨の肩に両手を置く。

それを見ていた三雲が言う。

「会話部……だいじょぶ……？」

そんなもん俺が知りたい……。

何故《なぜ》こんなことになっているのか――

……それは、結局俺たち会話部の出し物が中途半端《ちゅうとはんぱ》なまま文化祭当日を迎《むか》えてしまっていたからだった。

部活としてなにか出し物をしたい。だが、普段の活動が会話の練習というなんとも抽《ちゆう》象的《しようてき》な内容の為、どうしていいか名案を思い付かなかったのだ。

そこで、来てくれた人に普段の俺たちの活動を体験してもらおうということになった。

だが、俺や新井はともかく紙山さんや春雨は普通に話せないだろうということになり、なんだかんだでこんなワケの分からない代物《しろもの》が完成してしまったのだ。

「——というワケなんだ……」

俺は事の要点をかいつまんで説明した。

「あー……うん。そっか、まぁ……うん……」

返事になっているようでなっていない三雲。

「こ、こ、怖かったのよ……？　ずっと暗いところに一人で閉じ込められて……。あーちゃんもいないし人も来るし……」

そう言って目に涙を滲ませながらぶるぶると震える春雨。

「そりゃ出し物なんだから人は来るだろ……。でも、ゴメンな。俺がもっと早くに替《か》わってやればよかった」

互いの持ち時間は決まってはいたものの、こんな感じになるのならもう少し俺の持ち分を増やしてもよかったと、ぶるぶると震える春雨を見ながら考えていた。

「……もうこの後は俺が替わるよ。紙山さん、ちょっとクラスに戻って新井にそう伝えておいてくれるか？」

「わ……わかった……！」

「ま、待ちなさいよ小湊……アタシまだやれるから……」

きっとその先を聞いてしまうと、まだがんばるとか言い出してしまいそうだと思った俺は先手を打つことにした。

「大丈夫《だいじょうぶ》だからちょっと休んだらどうだ？　俺もちょっと会話の練習がしたいと思ってたからさ」

我ながら嘘くさい理由しか思いつかなかったが、春雨は納得してくれたのかコクリと小さく頷くと、聞こえるか聞こえないかくらいの小さな声で、アリガト、と呟《つぶや》いた。

俺が春雨から段ボールを半ば無理矢理《むりやり》受け取り、中に入ろうとしたところでふいに部室のドアが音を立てて開く。

「会話部の展示はここでいいのかしら？」

そう言いながら入って来たのは担任の教師だった。

若い女の担任は部室の中をぐるっと見回す。

俺はさっきここで起こった女生徒の惨劇《さんげき》を悟《さと》られないように、わざと明るく振《ふ》る舞《ま》う。

「あ、先生。どうしたんですか？　先生も……その、会話の練習を……？」

するると担任は少し申し訳なさそうな顔で俺の方を向く。

「ううん、あのね……ちょっと言いにくいんだけど……。さっき、二年生の生徒が私の所に来てね……」

「あー……もしかして二人組の大人しそうな……？」

「そうそう、よく分かったわね。その生徒が、この教室に呪いの箱があるからなんとかして欲《ほ》しいって……。呪いの箱ってなんのことかしら……小湊くんの今持ってるソレのこと？」

「あー……はい……多分……」

「えっとね……。怖がる人もいるから出来ればあんまり怖いのは無しにしてもらいたいかな、よろしくね」

そう言って担任は部室を去っていった。

寒い暗いと呟く動く箱は、確かに呪いの箱だったかもしれないな……。

春雨がポツリと呟く。

「……ア、ア、アタシ……呪われてるの……？」

「大丈夫、呪われてるのはこの箱だから……。後で丁重《ていちょう》に葬《ほうむ》ろう……」

俺は近くにあったマジックを手に取ると、段ボールに大きく『呪われてません』と書《か》き殴《なぐ》り箱を被《かぶ》った。

……結局その後、お客さんは一人もこないまま、俺たちの文化祭はそろそろ終わりを迎えようとしていた。

■　春雨さんは片付ける

祭りの後の静けさとはよく言ったもので。

窓の外はすっかり暗くなり。いつしか校舎のざわめきも消え。ここ会話部の部室は静寂《せいじやく》に包まれていた。時刻は午後八時。無機質な蛍光灯《けいこうとう》の明かりに照らされた部室で、俺と春雨はふたり、後片付けをしていた。

あんな形で終わったとはいえ、自分たちで取り付けた飾りを外していると、どこか心にもの寂《さび》しさを覚えないわけではなかった。

「……すっかり暗くなっちゃったな。あと少しだからがんばろうぜ」

荷物を端《はし》っこによけたり、要《い》らない物をゴミ袋《ぶくろ》にまとめたりしながら俺が言うと、春雨は小さく、そうね、とだけ返してまた作業に戻る。

黙々《もくもく》と作業を続ける春雨の小さな背中。

あーちゃんさんやキッコさんのパネルを壁《かべ》に立てかけ、春雨はひとり黙々と片付けを進めていた。

新井はクラス委員の仕事で忙《いそが》しく、紙山さんも昼間の一件でクラスの中では一躍《いちやく》時の人みたいな扱《あつか》いを受け、クラスの仕事に引っ張りだこだった。

それでも半分くらいは紙山さんの体力目当てだったのかもしれないが、きっとそれだけじゃないんだろうということは、紙山さんに声を掛けるクラスメイトたちの視線からなんとなく推測出来た。

俺は、そんな紙山さんや新井を残し、会話部の片付けへと来ていた。

静かな部室には俺と春雨の二人きり。

普段の春雨なら常にあーちゃんさんたちと喋《しゃべ》りまくりながら時折その会話に俺への罵倒《ばとう》を混ぜ込んでくるという高等テクニックを披露《ひろう》しつつ、俺がそれに反応するというか、春雨へのカウンターをキメるというか。そんな感じで過ごしているのだが、今日に限っては、春雨は言葉少なで俺の方へあまり顔を向けようともしない。

まるで、出会った当初の頃《ころ》の様な距離感《きょりかん》で、話しかけても聞いているのかいないのか、さっきのようにポツリと一言返してくるだけだった。

そんな春雨にどこか居心地《いごこち》の悪さを感じた俺は、探《さぐ》りを入れてみることにした。

「あー……今日は疲れたな……文化祭……」

「……そうね」

「俺たちの展示は失敗しちゃったけど……まぁ……そんなこともある……よな……」

「……そうね」

いつもの春雨ならゴミナトのせいで！　とか、このシッパイミナト！　とか言ってくるはず。

なにかがおかしい……。

「そ、そうだ！　あーちゃんさんは向こうのゴミをまとめといてもらえるか？　な……なぁ春雨。あーちゃんさんにも手伝ってもらっていいよな？」

自らあーちゃんさんに話し掛けるという、普段は絶対にやらないとんでもなく恥ずかしいことをやってみた。

だが……。

「そうね……いいんじゃないかしら」

こんな有様だ。

春雨はこちらの方を見ようともせず、俺に背を向け、ひとり黙々と展示で使った段ボールの解体を進めている。

コイツがこの調子だと俺の方まで調子が狂《くる》ってしまう。一体全体、春雨はどうしたというのだろう。

確かに俺たち会話部の出し物は失敗に終わってしまったし、残念だとも思う。でも、それだけでここまで落ち込むだろうか。群衆の前で尻《しり》を振り乱《みだ》しながら地面に這《は》いつくばったりしていた方が、よっぽど落ち込む要素があるような気もするが……。

俺はそんな春雨が心配になり、小さな背中に声を掛ける。

「あー……。それ、一緒《いっしょ》にやるよ」

春雨は俺に背中を向けたまま、小さく、どこか掠《かす》れた声で、ありがと、とだけ言った。

俺は春雨の隣に座《すわ》り込むと、ガムテープでガチガチに固められた段ボールの解体に取り掛かった。

静かな部室。

夜の闇《やみ》と、無機質な蛍光灯のコントラスト。隣からは春雨の息づかい。

まるで、世界からこの空間だけが切り取られ、ぽっかりとなにもない真っ暗な空間に部室だけが浮かんでいるんじゃないかというような錯覚《さっかく》にとらわれる。

春雨と二人きりの部室で、片付けの手を動かしながら俺は、そういえば……と思い返す。

ここ最近の春雨のやつ、なにか変じゃなかっただろうか。買い物に行った時も、練習試合の後も。どこかおかしな態度だった気がする。

といっても春雨はいつも変なんだけど、それとは別で。なにか思いつめているというか、余裕《よゆう》がないというか。そんな違和感をここ最近ずっと覚えていた。

……そして今日もだ。

二人で片付けをしながらも春雨はあまりこちらを見ようともしない。そんな態度に、俺《おれ》も春雨の顔を見てはいけないのかもという雰囲気《ふんいき》にのまれ、あまり顔を合わせず作業に打ち込んでしまっていた。

春雨は今、どんな顔で作業をしているのだろう。

俺は気になって隣に座る春雨の気配に集中する。

春雨は黙々と手を動かしながら、時折、疲《つか》れたように短く息を吐《は》く。そしてまた静かな息づかいだけが聞こえてくる……かと思ったら、春雨の呼吸がだんだんと荒《あら》くなっていく。

疲労《ひろう》による息切れとは違う、なにかをガマンしてるような、どこか苦しそうな……ん？

苦しそう？

ここまで、敢《あ》えて見ないようにしてきた春雨の顔を思い切って覗きこみ……そして俺は見た。

春雨の頬が真っ赤に染まっているじゃないか。目は焦点《しょうてん》があっていないし、口からははぁはぁと苦しそうな吐息《といき》を漏《も》らし、覚束《おぼつか》ない手元で作業を進めている。

それに、真っ赤なのは頬だけではなかった。

おでこも、首筋も。覚束ない小さな手も。スカートとタイツの間から見える太モモも。

全身が真っ赤に紅潮していた。

「お……おい春雨……大丈夫か？　なんか、身体が真っ赤だけど……」

「……真っ赤？　な……なに言ってるのよ、リンゴは真っ赤に決まってるじゃない……。ア……ア……アンタこそ……大丈……夫？」

「会話がかみ合ってないような気がするが……本当に平気な……」

平気なのかと言いかけた俺の言葉は、多分春雨には届いていなかったのだろう。俺の言葉が終わらないうち、春雨が一人で話しはじめた。

「そんなことどうでもいいのよ……どうでも……。そ、そ、それより、ねぇあーちゃん。アタシきょうね……しっぱいしちゃって……。会話部の展示……ぜんぜんうまくできなくて……このままじゃアタシ……アタシ……。こともダメ……みたい……。こともこないの……かな……。そういえばあーちゃん、どこ行っちゃったんだっけ……。あーちゃんどこー……？　どこ……なの……？」

そう言いながら立ち上がろうとする春雨の足元はふらついていた。

細い足をぷるぷると震わせなんとかその場に立ち上がりはしたものの、よろけて上手く前に進めずにいる。

　俺は慌てて立ち上がると春雨の手を掴《つか》む。

「そんなフラフラの足で危ないだろ、お前どうしちゃったんだ？　とりあえず落ち着けって」

「ふえ……？　ん……小湊……？　なんでアタシの手を握って……って、ちょ、ちょっとなにするのよ……危ないじゃ……キャアアア！」

　いきなり俺に手を掴まれた春雨は、その場でバランスを崩《くず》し、俺ともつれるように地面に転がった。

「痛《い》てて……だ、大丈夫か、春雨！」

　仰向《あおむ》けに倒《たお》れた俺が目を開けると、そこには鼻の先からほんの数センチの距離に春雨の顔があった。もつれて転んだ拍子に俺に馬乗りになってしまったらしい。

「……あれ？　アタシ、どうしたのかしら……ヤ、ヤダ！　な、な、なんでアンタ、アタシの下に潜《もぐ》り込んでるわけ？」

「い、いや、俺が潜り込んだわけじゃなくお前が俺の上に……とにかく、今はそこからどけ！」

「い、言われなくたってどくんだから！　待ってなさいよ……！」

春雨はそう言って体に力を入れた。

だが、上手く力が入らなかったのか、春雨は俺の上で大きくバランスを崩すと俺に抱《だ》き着《つ》くような格好で乗っかった。

「な、なによ！　なんなのよ！　ど、ど、どきなさいよこのヘンタイミナト！　エチエチミナト！　ま、まだ片付けが終わってないんだから……！　アタシ……やらなきゃいけないんだから！」

春雨の小さな体は、俺の上にすっぽりと収まってしまっていた。

胸と胸が。足と足が。頬と頬が密着する。

力なくあばれる春雨の髪《かみ》がはらりと俺の顔にかかり、くすぐったいような感覚と共に春雨の匂《にお》いが俺の鼻孔《びこう》に届く。

「いやお前そんなこと言ってる場合じゃ……。いいからちょっとどけ、動けないなら俺がどかしてやるから……」

「な、そんなこと言って変な所触《さわ》るつもりじゃ！　って……ふぁ……あっ……！　ちょ、ちょっと！　どこ触ってんのよ！」

妙《みょう》になまめかしい声を上げる春雨。

俺の上でぎゃあぎゃあわめきたてる春雨を降ろすためそっと体に触《ふ》れ……そこで、おかしなことに気が付く。

「……お前の体……なんか……ものすごく熱くないか？」

手のひらに伝わってきた春雨の体温は、服越《ご》しでも分かるほどに熱かった。

それに……気が付けば密着してる腕と腕、足と足、頬と頬に至るまで、全身が発熱してるじゃないか。

「な、なに言ってるかよく分からないんだけど！　あれ？　そ、そ、それより、アンタの体……冷たくてちょっと気持ちいいかも……。ア、アンタ……し、し、死んでるの……？シニミナト……？」

「お前が熱いんだよ！　……いいから、ちょっと黙ってろ」

これはヤバい。

恐《おそ》らく春雨は風邪《かぜ》をおして片付け作業に当たっていたのだろう。

そして、それを悟られないよう言葉少なに、俺と顔も合わせないようにしながら懸命《けんめい》に。

ったく、なんでそんなこと……いや、それより今はコイツをなんとかしないと！

「は、はやくここからどかしなさいよ！　アンタとなんか一秒だって密着していたくないんだから！　なんでアタシの体動かないのよ！　やっ……だ、ダメ……変な所触らないでって言って……ひゃぅん……るでしょ！」

「お、おかしな声を出すな！　ちょっと体の力を抜け……今起こすから」

春雨は懸命に立ち上がろうとしているが、体に力が入らないらしく俺の上にぺたんとのしかかった。

俺の首元に顔を付けぺたんと上に寝《ね》そべりながら罵声《ばせい》を口にしている。

熱い吐息でがなりたてる春雨を無視しながら、小さなその体を支えて起き上がると春雨の背中と膝《ひざ》の裏へ腕《うで》を回し、抱き上げた。

「ア、ア、アタシをどうするつもり？　助けてあーちゃん！」

「いや……あーちゃんさんもきっと俺と同じことすると思うぞ……。すぐにタクシー呼ぶから。家まで送る」

「そ、そ、そんなこと言って……へ、へ、変な所に連れてくつもりでしょ！　エロミナト！」

……まぁ、このくらい軽口が叩《たた》けるなら大丈夫か。

「変な所ってどこだ、具体的に教えてくれ」

「え、え、えーっと！　そ、それは……し、し、知らない！　知らないんだから！」

「なら俺が言ってやる。お前が想像したのは――」

「や、や、やめて！　やめてってば！　そんな想像これっぽっちもしてないんだから！も、もうアンタ黙ってなさい！」

春雨は俺の腕の中でボンと音がしそうなくらい顔を真っ赤に染めると、両手を振《ふ》り回《まわ》して俺の口を押さえた。

「ちょ……お前、暴れるな！　俺まで転……ぶ……うわああ！」

春雨が暴れたことでバランスを崩し、もつれるようにしてまたも春雨は俺の上に馬乗りになり、春雨の熱い体温が俺の全身に伝わってくる。

結局、暴れる春雨をなんとか落ち着かせてもう一度抱《かか》えて起こすまで五分はかかった。


その後。

俺は春雨をゆっくり座らせるとタクシー会社に連絡《れんらく》した。

新井と紙山さんへメッセージアプリで簡単に状況を説明し学校を出ると、春雨と二人、校門のところまで来ていたタクシーに乗る。

タクシーの運転手さんになんとか住所を伝えた春雨は、そのまま俺の肩にもたれかかると気を失うように眠《ねむ》ってしまった。

ラジオから気の早いクリスマスソングが流れるタクシーの車内で俺は、大きく息を吐くと春雨の顔を見る。

瞼《まぶた》を閉じ、眉《まゆ》を寄せ。口を歪《ゆが》めながら荒い呼吸を繰《く》り返《かえ》している。

体調が悪いのならもっと早く言ってくれればよかったのに、コイツはなんで——

そこまで考えて気が付く。言えない理由があったんじゃないかな……。

少なくとも、体調が悪いことを言えない間柄《あいだがら》ではないと思っている。ならなぜ春雨は、体調が悪いことを隠《かく》し片付けに参加していたのか。

ここ最近のコイツの様子がおかしかったことと、なにか関係があるのだろうか。

俺はタクシーの揺《ゆ》れに身を任せながら考えてみた……が、ダメだった。

隣《となり》で眠る春雨の顔を見る。

春雨は目から小さな涙をひとつ零《こぼ》すと、うなされるようにつぶやいた。

「…………今年も……ダメ……なのかな……」

俺は春雨の頬に流れる涙をそっと拭《ぬぐ》い、くしゃくしゃっと頭をかきむしると、やるせない気持ちで腹から灰色のため息を吐き出す。

言いようのない無力感にさいなまれたまま、俺たちの文化祭は苦い思い出と共に幕を閉じた。

春雨さんと友達

kamiyama san no
Kamibukuro no
naka niha

■ 新井さんは生き生きする

「確かこの辺りだったはずなんだけど……」

頭の上には冬の重たい雲と灰色の空。

肌《はだ》を刺《さ》す冷たい風に、俺たちは揃《そろ》って身をすくめる。

閑静《かんせい》な住宅街の真ん中で目的の家を探す。以前来た時の記憶《きおく》を頼《たよ》りに歩くと、やがてそれは見つかった。

キレイに手入れされた庭に明るい印象を受けるオレンジ色の外壁《がいへき》。どこにでもありそうなごく普通《ふつう》の一軒家《いっけんや》。それが今日の目的地だった。

「ここなの？　小湊くん」

インターホンを前に、隣にいた新井がこちらを見る。

「あぁ、確かここだ……。表札に天野ってあるし」

新井に答えながら表札を指差した。

「は……はははは春雨ちゃん……大丈夫……かな……」

紙山さんが紙袋《かみぶくろ》の中から出した心配そうな声が、冬の冷たい風に飛ばされていく。

ほろ苦かった文化祭が終わってから三日が経《た》った。春雨は文化祭の翌日からずっと学校を休んでいる。メッセージアプリで連絡をとると、風邪を引いたからしばらく休むという返信があった。だが、三日経った今日も学校に春雨の姿は無かった。

三日ともなると流石《さすが》に心配で、誰《だれ》からともなく見舞《みま》いに行こうという話の流れになり、こうして今に至るというワケだ。

あれから……。

文化祭の夜、タクシーで春雨を送り届けてからずっと、頭の中では春雨の涙がチラついていた。勿論《もちろん》あの日の春雨の涙を隣にいる二人は知らない。

あの涙はなんだったのか……。

なんで春雨は風邪をおしてまで片付けをがんばっていたのか……。

考えると心に雲がかかったようで、なんともいえない居心地の悪さだけがあった。今日のお見舞いだって、正直どんな顔で会えばいいか分からない。

だけど、それでもなにもしないよりマシだと思う。会って話せばなにかが変わるんじゃないか。そんな淡《あわ》い期待を胸に、俺はインターホンを押《お》した。

寒空の下でしばらく応答を待つと、中から女の人の声と共にパタパタと歩く音が聞こえてくる。

「は～い、今いきます～」

軽《かろ》やかに開かれたドアから現れたのは、俺たちよりふたつ三つくらい年上に見えるお姉さんだった。髪型《かみがた》こそ違《ちが》えど顔も背格好も春雨によく似ていて、一目で姉だと分かった。

お姉さんは俺たちを見ると途端《とたん》に顔をほころばせる。

「えっと小湊くんたち……よね？　今日はお見舞いに来てくれてどうもありがとうございますっ。春雨ちゃんから聞いてるわ」

俺は春雨の姉にぺこりと頭を下げた。

「えっと、今日は突然《とつぜん》すみません、あの……春雨さんの具合は――」

「あなたが小湊くんね！」

春雨の姉は玄関《げんかん》からパッと飛び出すと、俺の傍《そば》に駆《か》け寄り顔を見上げた。俺の手をぎゅっと握《にぎ》り、散歩に連れて行ってもらえる仔犬《こいぬ》の様な笑顔《えがお》でブンブンと振っている。

「え、あ、ちょ……。お、俺のこと知ってるんですか……？」

お姉さんは、もちろんよ、と嬉《うれ》しそうに返すと後ろの二人にも声をかける。

「あなたが小湊くんならそっちの背の高い子は紙山さんでー……とするとこっちのキレイな子は新井さんかしら。春雨ちゃんからいつも話は聞いてるわ。さ、入って入って」

俺たちを見て本当に嬉しそうな笑顔のお姉さんは、くるっと振り返ると玄関方へと戻《もど》っていく。

このお見舞いを決めたのは今日の昼休み。ほんの数時間前だ。春雨本人には一応メッセージアプリで許可は貰《もら》っていたが、家族の人にこうして歓迎《かんげい》してもらえるとは有《あ》り難《がた》かった。

……それはそうと、春雨に姉がいるとは知らなかったな。

「アイツにあんな愛想《あいそ》のいい姉がいたとはな。春雨もちょっとは見習えばいいのに」

俺に続いて靴《くつ》を脱《ぬ》ぎかけていた新井が首を傾《かし》げる。

「うーん……春雨ちゃんて確か……一人っ子だって言ってたような気がしたけど……」

新井が不思議そうに首を傾げていると、玄関でサンダルを脱ぎ終えたお姉さんがくるりと振り返る。

「あ……私、春雨ちゃんの母親ですっ！　よろしくお願いしますっ！　さ、立ち話もなんだから入って入って」

こちらに向かいペコッと頭を下げると振り返り、廊下《ろうか》を歩く春雨の母。

母親……だと……？

どこからどう見ても俺たちと同じくらいの年にしか見えないが、本人がそう言うならそうなのだろう……。

春雨の母親は俺たちを案内しながら嬉しそうに、そしてちょっぴり恥《は》ずかしそうな顔でリビングへ通してくれた。

「ごめんなさいね、散らかってて。今日はお見舞いに来てくれてありがとう。今ちょっとお掃除《そうじ》の休憩中《きゅうけいちゅう》におやつを食べながら食物連鎖《れんさ》の頂点を決めてて」

照れくさそうにしながらテキパキとお茶の準備を始める春雨の母親。

散らかっててどころかきちんと整頓《せいとん》された明るくキレイで、更《さら》にはいい匂いまでするリビングのソファに腰掛《こしか》けるよう案内され、お茶まで出してもらってしまってありがたいやら申し訳ないやらだし、あとなんか変な言葉も聞こえた気もするけど気のせいかな？

「あ、ああいえ……今日は急にすみません、ほんとお構いなく……。俺たち、少し春雨の顔を見たらすぐ帰りますから」

きっとなにかの聞《き》き違いだろう。

食物連鎖がどうとか言っていた気がしたが、きっと気のせいだ、そうに違いない。

そう思いながらテーブルの上を見ると、食べかけのお菓子《かし》が目に入った。

様々な動物の形を模したクッキーが数枚、歯形の付いた状態でお皿の上に置いてある。

おやつを食べてたと言ってたけど、まさに食べてる途中《とちゅう》だったのか。悪いことしたな……と、申し訳なさを感じたところでおかしなことに気付く。

皿の上にある数枚のクッキーが、全《すべ》て半分ほど食べかけの状態で置いてあるのだ。

一枚なら分かるが、全てが一口かじられた状態で置かれている。ライオンには前足が、ゴリラには腕が、キリンには両足が、それぞれかじられたように欠けていた。

なん……だ、アレ……。

俺の視線に気が付いたのか、春雨の母親が照れくさそうに言った。

「散らかっててごめんなさいね、まだ決まってないのよ、頂点。あ、そうそう！　今日は春雨ちゃんのお見舞いに来てくれてありがとうみなさん」

やっぱり聞き違いじゃなかったが全然意味が分からない。

どういう意味なのか推測すら出来ないでいると、新井が委員長らしくきちんとしたお礼を述べる。

「いえいえ、私たちの方こそ急にお邪魔《じゃま》してしまってすみません。春雨ちゃんの具合はどうですか？　あ、もうすぐ決まりそうですね、頂点」

「もうだいぶいいみたいよ。今は部屋で寝てると思うから、もう少ししたら行ってあげて。ええ、今日はライオンが勝ちそうなの」

「やっぱりライオンは強いですよね」

新井と母親はしきりにクッキーを見ながら楽しそうに談笑《だんしょう》している。

まともな会話とカオスな会話が交互《こうご》にクロスオーバーしてきて俺はもう我慢《がまん》の限界だった。

「あの……なんか新井は分かってるみたいなんですが、さっきからなにを言って……」

俺の質問が終わる前に新井が口を開く。

「なにって……食物連鎖の頂点を決めるのよ、小湊くん」

「それがなんだと聞いてるんだが……」

すると母親が楽しそうにクッキーを手に取った。

「こうやってまず、二匹《ひき》を向かい合わせるでしょ?」

母親は食べかけのライオンとキリンをそれぞれ手に持つと、小さな子供がお人形遊びをするかのようにぶつけあう。

「それーガオー、食べちゃうぞー。キャーやめてー痛いよーやめてよー……やめ……て……食べな……い……で……。暗い……痛……い……。も……もう痛く……な……い……」

最初は楽しそうだったクッキーでの人形遊びが徐々《じょじょ》に生々しさを増し、最後はサスペンス映画のようになったところでキリンの方が息を引き取った……と、同時に勝ったライオンがキリンに飛びついた。

皿の上で倒れたキリンの体を貪《むさぼ》るようにガツガツと食べるライオン。

……もっとも、食べているように見せて倒れた方のクッキーを器用に割り、自分の口の中へ入れながら人形遊びを続ける母親。

「……ふー……次はどいつが相手だ……。百獣《ひゃくじゅう》の王の名は伊達《だて》ではない……！　この俺こそが地上の支配者であるぞ……ふはははは……と、こんな感じで頂点を決めます」

決めます、じゃない。なにその遊び……。

俺と紙山さんがただ黙《だま》って様子を見ていると、新井も楽しそうに会話に加わった。

「ええ、それで最後に残った一匹が食物連鎖の頂点なんですよね」

そう言ってにっこりと笑う新井が怖《こわ》い。超《ちょう》怖い。

「うんうん、でも最後は私が食べちゃうから、食物連鎖の頂点に立つのは私たち人間なのよねぇ」

楽しそうに頷《うなず》き合う二人。遊びの業が深すぎる。

にっこりと、まるで今日のご飯はよく炊《た》けたみたいな感じで話しているんだが、全然付いていけないし付いていったらその先は崖《がけ》な気がする。

新井も新井でなんで付いていけるのか疑問に思ったが、答えが怖かったので黙っておくことにした。

俺は、二人がしばらく不思議な遊びについての話をしてる中。隣で俺と同じように固まっていた紙山さんにそっと声をかけた。

「紙山さんはやったことある……？　今の……なんかよく分かんないやつ……」

「わ……私も全然分からなくって……よかった……私だけが分からないのかと……」

そう言って、ブルブルと紙袋を横に振る紙山さん。

その拍子《ひょうし》に紙袋の裾《すそ》からはみ出した髪に溜《た》まっていた汗《あせ》が飛び散り、俺の頬を濡《ぬ》らす。

これで紙山さんまで賛同してたら俺の頭がどうにかなりそうだったのでほっとしていると、新井が急に俺の方を向く。

「……ってことなんだけど……聞いてる？　小湊くん。いい？　私とお母さんでやってみるからよく見ててね」

新井の目がまた笑ってない……。

俺の方を見ているようで俺の頭のもっと後ろ……どこかずっと遠くを見ているような底の深い目で俺の方をじっと見つめた。

「き、聞いてる！　た、楽しそう、だな！　うん、な、紙山さん！」

「そ……そそそそそうだね！　た、楽しそう……かも……？」

それからしばらく。

俺と紙山さんは二人が動かすクッキーをただぼんやりと、明るくキレイで、更にはいい匂いまでするリビングで眺《なが》めていた。

■　小湊波人は考え、気になり、そして質問する

暫《しばら》く訳の分かりたくない遊びで盛り上がっている新井と母親を眺めていたのだが、一向に春雨が起きてくる気配は無く、俺は所在なくリビングを見るともなく見ていた。

それにしても、このリビングは居心地《いごこち》が良かった。

今まさにテーブルの上で交《か》わされている会話はともかくとして、座り心地の良いソファに温かな木のぬくもりを感じられる木目のテーブル。その上は小奇麗《こぎれい》に片付けられており、写真立てがひとつ。春雨と母親、そして父親だと思われる中年の男性が、みんな笑顔で映っていた。

明るくて、温かくて、気持ちがほっと安らぐような居心地の良さがあった。

きっとこの母親のおかげなのだろう。

外は真冬の曇空《くもりぞら》だと言うのに、まるでこの家の中はうららかな春の日かと錯覚するようなリビングの様子から、春雨がどんな家庭で育ったのかが想像できるようで、なんとなく微笑《ほほえ》ましい気持ちになった。

……だとすると、少し気になることがある。

こんな普通の温かそうな家庭で育った春雨が、なぜ魔法《まほう》少女のパネルを引き連れ歩くようになってしまったのだろう。

以前春雨から『元々友達を作るのが苦手で、高校デビューするにはこれだと思った』という理由をカンタンには聞いていたが、なぜそれが魔法少女のパネルを連れて歩くという結論に至ったかについて細かく聞いたことはなかった。

普通にしていれば可愛《かわい》らしい顔をしているし、アレで意外と気配りもできる。そんな春雨になぜ今まで友達が出来なかったのだろうか。

俺がこうして会話部に参加しているのも、元々は俺の平穏無事《へいおんぶじ》な高校生活を取《と》り戻すためだ。春雨があーちゃんさんのパネルを連れ歩かなくても良くなれば、俺の日常を取り戻すという目標に一歩近づく。

今日はいい機会かもしれない。

俺は、春雨の問題を解決する糸口でもつかめないかと思い、テーブルでふしぎなあそびの話に花を咲《さ》かせている春雨の母親に声を掛《か》けた。

「あ……あの……。ちょっと質問してもいいですか？」

母親ではなく新井が割って入る。

「ゴリラとライオンどっちが強いかが聞きたいのね、小湊くん。私はライオンだと思うけど、小湊くんはどっちだと思う？」

「いやそれはゴリラだろ森の賢者《けんじゃ》をなめたらいけな……じゃなくって、新井はもうその話はいいいから……。俺も紙山さんも全然ついていけないし……。あの、お母さん。ちょっと聞きたいことがあるんですが」

俺の言葉にどこからどう見ても姉にしか見えない母親が答える。

「あら、お母さんなんて小湊くんも気が早いのね、春雨ちゃんとお付き合いしてるの？　あの子ああ見えて抜けてるところあるから……。でも、とってもいい子なのよ。春雨ちゃんをよろしくお願いしますっ！」

深々と頭を下げる母親に、俺は慌《あわ》てて否定する。

「あ、ああいやすみません、言い間違《まちが》えました！　春雨さんのお母さん、ちょっと質問が……。あ、あの……春雨さんはなんでいつも……その……あんなパネルを連れてるのか……知ってますか？」

すると、母親は急に声のトーンを落とし、言いにくそうに答える。

「あーちゃんのこと……よね……。春雨ちゃんからは……なにか聞いてる……？」

本人不在のこの場で、母親である自分が言ってしまってもいいものかどうか迷っている様子だった。

俺は正直に答える。

「大分前ですけど、友達が欲《ほ》しいから……みたいにカンタンには聞きました。けど、細かくは聞いていなくって……。よかったら教えていただけませんか？」

すると母親はひとつ短く息を吐くと、ゆっくりと口を開いた。

「そうね……仲良くしてくれているあなたたちになら言ってもいいかしら……。私たちがこの街に来たのはちょうど一年前の今くらいなの、春雨ちゃんが中学校三年生の頃《ころ》ね……。その頃はまだ、あーちゃんとは知り合っていなかったわ」

知り合っていない……つまり、パネルと一緒に行動していなかったということなのだろう。

俺は先を促《うなが》す。

「なら、中三の冬になにかあったんですか？」

「そうねぇ……なにかあったと言うよりも、この街にはなにもかもがあった……のかしら」

どういう意味だろう。俺は軽く頷くと更に先を促した。

気が付けば紙山さんや新井も、黙って母親の話に耳を傾《かたむ》けている。

「それまで私たちは結構な田舎《いなか》に住んでいてね……。だから、春雨ちゃんは見たこともお話ししたこともなかったのよ」

「見たことなかったって……なにをですか？」

母親は困ったような笑顔で答える。

「若者よ。春雨ちゃんにとって同年代の若者はテレビの中にしか出て来ない存在だったの」

それから春雨の母親は、あらかたの顛末《てんまつ》を話してくれた。

春雨の家族はこれまで超《ちょう》が付くほどの田舎に住んでいた。村にはお年寄りばかりで若者は春雨ひとり。山奥《やまおく》の学校でも春雨と先生の二人きりだったらしい。

お年寄りとはコミュニケーションを取り慣れているが、同年代の若者とはこれまで全くと言っていいほど接する機会がなかったのだという。

時折街へ出かけることはあったが会話をする機会などなく、生まれてこの方、同年代の若者に対しての免疫《めんえき》を一切《いっさい》付けることなく、春雨はこの街にきたのだ。

「──それで、春雨ちゃんが中学三年生の冬にこの街に越してきてね。あの子、初めて同級生っていう存在に出会ったのよ。でも……あんまりうまくお話しできなかったみたいでね……」

「あぁ……なんとなく分かります……」

俺は、中三の頃の春雨を想像した。

黙っていればそこそこかわいい顔をした春雨だ。きっと転校してきたばかりの頃は何度か話《はな》し掛けられることもあっただろう。だが、アイツの性格で不慣れな場面に出くわした時、どんな反応をしたかがなんとなく想像できてしまった。

緊張《きんちょう》してめちゃくちゃに喋《しゃべ》りまくり相手をドン引きさせてしまったり、逆に、会話の輪に入るには何を話そうかと必死に考えているうち、次々に話題が移って行って気が付けばなにも話せていなかったり……恐らくはこんなところだろう。

それに、時期も良くなかったんだと思う。

中三の冬と言えばクラス内でもすでに人間関係は固定され、更には卒業を控《ひか》えた時期だ。他のクラスメイトたちからしても、様子のおかしい転校生を無理して自分たちのコミュニティに迎《むか》え入《い》れなくとも問題はない。これまで育ててきた絆《きずな》や人間関係の中で、それを共有できる者と中学時代の思い出に浸《ひた》る時期。

そんな中に入って行くのは春雨でなくたって簡単ではない。

よほどのコミュニケーション上手じゃない限り、その時期に新しい友達を作ることなど、相当難易度の高い行為《こうい》に思われた。

ましてや、それまで友達を作ったこともなければ……いや、そもそも同年代の若者と会話をしたこともないとなれば尚更《なおさら》に……。

いつだったか、集会所で春雨が言っていた『初対面の人と話すのって……大変だもんね……』これは、春雨自身の経験則だったのか……。

慣れない街。

慣れない学校。

慣れない若者。

慣れない場面。

そんな中、当時の春雨は考えただろう。

それでもなんとかして友達が欲しい。どうすれば友達が出来るのか……と。

そして、その結果としてあのパネルを選んだということはもしかして、春雨がパネルを連れているのは――

俺《おれ》は自分の推測を話した。

「……なら、春雨がパネルを連れているのは……慣れるため……ですか？」

俺の言葉に紙山さんが反応する。

「な……慣れる……？」

「あぁ、若者や同年代くらいの生徒に慣れるためかなって。それまでの春雨は友達作りにも慣れていなかったし、そもそも同年代の生徒にも慣れていなかった。慣れていないから失敗した。だから、慣れればいいと思ったんじゃないかな……。常に同じ年くらいの人物が隣にいれば慣れるんじゃないか……って……アイツなら考えてもおかしくないかな……って思って」

春雨の良いところは目標に向かって努力を惜《お》しまないところであり、悪いところはその方向性が間違っているところだと俺は思っている。そんなアイツなら、こう考えてしまってもおかしくはない……かもしれない。

俺の答えを聞いていた母親が答える。

「小湊くんの言う通りよ。春雨ちゃん……最初は色々と悩《なや》んでたみたいで……。それがある日、笑顔であの子を連れてきたのよ。それからはもうずっと一緒《いっしょ》に」

この発想の原点は、別段特殊《とくしゅ》は考え方ではないと俺は思う。

新しい学校。新しいクラス。

集団の中で一人ぼっちというのはなんとも言えない居心地《いごこち》の悪さがある。

誰も知ってる人のいない集団でこれからどうやって人間関係を作って行けばいいのか、誰だって戸惑《とまど》うだろう。

そんな場面にもし、前から知ってる人が一人でもいれば——

当時、中三の春雨はそう考えたのだろう。

だが、知っている人など一人もいない街。ましてや友達なんて……。

知り合いがいないのなら作ればいい。作って、慣れて、知らない人しかいない高校に連れて行けばいい。

それがどんな結果を生むか、想像すらできていなかったに違いない。なんせそれまでの人生の中で、一度も同年代と接したことが無かったんだから。

だいたいの事情は分かったが、ひとつ分からないことがあった。

「なんとなく分かりました……。ただ、なぜあーちゃんさんだったかお母さんは知ってますか？」

すると母親は首を横に振る。

「さぁ、そこまでは……。もともと田舎育ちで娯楽《ごらく》も少なくってね。そのせいか、アニメは良く見てたからその影響《えいきょう》かしら」

「そう……ですか」

アイツがなぜあーちゃんさんを選んだのかまでは分からなかったが、おおよその事情は理解した。アイツももっと、なんというか上手《うま》い方法を思い付けばよかったのだが……と、思い、すぐに考え直す。

誰しも初めての経験の時は失敗のひとつやふたつあるものだ。アイツの場合はそれが友達作りだった、というだけのことだろう。

初めての場所、初めての経験で、どうしたらいいか分からなかった春雨は、それでも自分なりに考えたのだ。考えて考えて、考え抜いた結論がアレだった、というだけの話。

一概《いちがい》に春雨の発想をおかしいとも思えなくなっていた。

だが、結果は――

俺は母親へ返事にもならない返事をする。

「なるほど……。でも、結果は……」

俺がその先を言いよどんでいると、目の前の母親は思いがけない言葉を発した。

「ええ、結果は大成功よね」

大成功？

学校の中でも悪い意味で有名人の春雨がなぜ成功なのだろう。

「成功？　えっと……その……なんでですか？」

すると母親は思いっきり笑顔でこう返したのだ。

「だって、みんなみたいな友達ができたじゃない？　あの子、いっつも私に話してくれるのよ。小湊くんが今日はこんなだったとか、新井さんはこうだとか紙山さんはこうだとか。部活でのこととか、お休みの日にはどこにお出かけに行ったんだとか……ほら、この前もみんなで水族館に遊びに行ったでしょ？　あの日のこともたくさんお話ししてくれたのよ。本当にうれしそうに。それに……」

母親は顔いっぱいの笑みを浮《う》かべ、話を続ける。

「それに……こうやってわざわざ春雨ちゃんを心配してお見舞いに来てくれたり、春雨ちゃんのことをもっと知りたいと思って私に質問したり。それって、本当にいいお友達ってことよね。だから……」

母親は小さな体をぺこりと折り曲げた。

「これからも春雨ちゃんのこと、よろしくお願いします」

いつも勝気で強がりばかり。生意気な態度の春雨が、家でそんな話をしていたのか。

俺は、頭を下げた母親になんて返したらいいか分からず、大人に頭を下げられる居心地の悪さを感じながら、こちらこそ、とだけ返すのが精いっぱいだった。

すると、母親は嬉しそうな顔のままとんでもないことを言いだした。

「あ、そうだ。それじゃ渡《わた》しておいた方がいいかしら、確かこの辺にあったはずなんだけどー……どこにいったかしら……」

そう言いながらなにかを探すために席を立った。

「渡す？　え……と、なにをですか？」

「あぁこれね、はい合鍵《あいかぎ》。私のことお母さんって言ってくれたってことは……つまりそういうことなのよね。そっちの意味でも春雨ちゃんをよろしくお願いしますっ！」

「あああいやアレは言葉のあやで――」

俺の言葉を待たず、母親は俺にぎゅっと鍵《かぎ》を握らせる。

「そんな照れちゃって。まったく春雨ちゃんったら、お友達が出来たとは聞いてたけど、彼氏《かれし》が出来たとは聞いてなかったんだからね、もう……ママぷんぷんだわ」

俺は初めて、口でぷんぷんと言う人に出会った。

こうして俺は春雨の家の合鍵をゲットした！　……あとで適当に返しておこう……。

スマホに春雨から、起きたから部屋に来ていいわよ、というメッセージが届いたのはそれからすぐのことだった。

■春雨さんは悩んでいる、そしてそれを隠そうとする

「紙山さんも新井さんも……あとその他一名も、あ、あ、ありがと……お見舞いに来てくれて……」

ここは二階にある春雨の部屋。

ベッドの上の春雨は、少し大きめなサイズのパジャマからちょこんとはみ出た小さな手でしきりに髪《かみ》を直し、顔を赤らめて照れくさそうにしている。普《ふ》段《だん》は両サイドでくるんと束ねられた髪も今日は下ろされていて、髪型が違うと顔の印象も変わるものだなと思った。

普段は強気な春雨も、こうしていると普通の女の子に見えてくる。

それに……。

俺は春雨の部屋を見回す。

思った以上にかわいらしく乙女《おとめ》なこの部屋も、リビングと同じようにきちんと整頓されていた。置いてある小物がいちいち女の子らしく、薄《うす》いピンク色のカーテンに、同系色のラグ。小さなぬいぐるみがベッドの枕元《まくらもと》にいくつか並べられている。

今までの人生で女の子の部屋に入った経験などない俺はちょっとだけ緊張しながら、それを悟《さと》られないよう平静を装う。

……まぁ、あーちゃんさんやキッコさんのパネルが壁《かべ》に立てかけてあるのは思いっきり春雨らしいし、キッコさんの後ろに見《み》え隠《かく》れする三人目だと思われる黄色い影《かげ》は見なかったことにしたい。うん、この記憶だけは脳から消そう。俺は見なかった。

口調は平静を装っているものの春雨の目にいつもの力はなく、頬もまだほんのりと赤い。完調というわけでもなさそうだ。

ピンク色のクッションを抱《かか》えたパジャマ姿の春雨に、紙山さんは紙袋をカサリと向ける。

「は……ははははは春雨ちゃん……！　おみっ……おみっ……お見舞いに……来たよ……。具合……どう……？」

紙袋の中から震《ふる》える声を出す紙山さんに、クッションを抱えたまま春雨が答える。

「ええ……もう峠《とうげ》は越《こ》したわ……。アタシ……このカゼが治ったら学校で部活をするのよ……」

なにかのフラグを立て始めた春雨に俺はいつもの調子で返す。

「おかしなフラグを立てようとするなよ……死ぬのか？」

「し、し、死なないわよ失礼ね！　アタシは不死身よ！　むしろアンタが死になさいよゴミナ……ゴホッ……ゴホッ……」

　春雨はベッド上で俺へがなり立てようとした所でむせかえってしまった。いつもの軽口を叩《たた》いたら無理をさせてしまったようだ。

　俺は素直《すなお》に反省しつつ、春雨を気遣《きづか》い言葉を選ぶ。

「悪い悪い。……まぁ俺もお前も死ななくてよかった。具合……まだあんまり良くなさそうだな。今日は顔だけ見たらすぐ帰るからさ。早く戻ってこいよ、学校」

　すると、春雨は慌てたようにクッションをぎゅっと抱《だ》きしめる。

「帰る……？　べ、べ、別にそんなにすぐ帰らなくってもいいじゃない！　し……しばらくいなさいよ……。そ、そ、そうだ！　みんなで泊《と》まっていってもいいんだから！」

　お見舞いに来たついでに泊まっていくなど出来るはずもない。おかしなことを言い出したがコイツもコイツでさみしかったのだろう。しばらく学校に来られず自室でこうしてひとり。ずっと寝《ね》ていたのだから。

　だが、病人の部屋に押しかけて長居をするのも気が引ける。

　俺がやんわりと断ろうとすると、隣《となり》にいた新井が口を開いた。

「春雨ちゃん、元気そうでよかったあ。でも今日はもう少ししたら帰るね。折角《せっかく》の申し出だけど、今日は私たちパジャマを持ってきていないからお泊まり出来ないのよ。パジャマさえあればなあ……パジャマさえ……」

新井なりの言い訳かと思ったが、服装について新井が手を抜《ぬ》いたことなどない。よく見ると目も真剣《しんけん》だった。

新井は心底残念そうな顔でもう一度、パジャマさえあれば……と呟《つぶや》いた。

問題点はそこじゃないのだが、方向性は間違っていないからまぁいいだろう……多分。

春雨は少しだけガッカリした顔をすると、いつもの勝気な顔に戻る。

「そ、そ、そうよね！　パジャマないと泊まれないわよね……。そ、そうだ！　よ、よ、よかったらアタシのパジャマ使っていいわよ……あ、でも紙山さんには入らないかな……残念……。で、でも大丈夫《だいじょうぶ》よ、明日にはきっと元気になってるんだから……。アタシ、この風邪《かぜ》が治ったら部活するんだから……！」

「だからおかしなフラグを立てるなって。……まぁ、今日は久しぶりに春雨の顔が見られてよかったよ、安心した。早く治してまた学校で部活やろうぜ」

俺がそう声をかけると、春雨は何故《なぜ》か突然顔をボンと音がしそうなほど真っ赤に染めた。

「か、か、顔が見られて……よ、よ、よかった⁉　そ、そ、それってどういう意味よ……。そ……そう言えばアンタ、この前も文化祭の片付けの時……部室でアタシの体に……。も、も、もしかしてやっぱりエッチなコト考えてるのね！　この……エチミナト！」

「こ……小湊くん……部室で体に……って……春雨ちゃんにななななにかしたの……？」

紙山さんが心配そうに俺の方へ紙袋《かみぶくろ》を傾げる。

「いや、ほ、ほら！　この前春雨が風邪だった時に、ちょっといろいろあって……」

思わずしどろもどろになってしまう。

そんな俺たちに新井が優《やさ》しく微笑《ほほえ》む。

「大丈夫よ春雨ちゃん。それに紙山さんも。小湊くんはそんなんじゃないから。私、分かるから」

不審《ふしん》そうな顔の春雨と、不安そうな紙袋の紙山さんをにこにこと諭《さと》す新井。

「小湊くんはそんなんじゃないよ。小湊くんはね、春雨ちゃんが魚なんじゃないかって疑っている節があって。だから、ちゃんとした普通《ふつう》の部屋で寝てる春雨ちゃんを見て、人間で良かったって安心してるのよ。そうよね小湊くん？　魚なら水槽《すいそう》で眠《ねむ》るものね」

と、新井。

「さ、さ、魚!?　アンタ……いったい魚でナニをするつもりなのよ……！　ま、ま、まさか……本格派のヘンタイなの……!?」

と、春雨。

「こ……ここここ小湊くん……！　小湊くんは魚が……すすす好きなの……？　私も好きだ

よ……美味《おい》しいよね……うん」

と、紙山さん。

誰一人《だれひとり》として会話がかみ合ってないこの状況《じょうきょう》を取りまとめる力は俺にはない帰りたい。

ほんと帰りたい。

……でも。

俺は少しだけほっとしていた。

このところ様子がおかしかった春雨が、いつもの調子に戻った気がしたからだ。

かみ合っているんだかいないんだか……たとえかみ合っていなかったとしても、わちゃわちゃと楽しそうな三人の会話を聞くともなく聞いていると、ふいに春雨がこぼした言葉が耳に止まった。

「さ、さ、魚なんてなにに使うのよ、どういうことなの……全てが謎《なぞ》だわ……。でもアタシは人間だから、残念だったわね……。そ、そ、それに……だいぶ風邪も良くなってきたし、明日か明後日《あさって》にはちゃんと学校行けると思う……。早くこの風邪を治してまた部活やるんだから……！　や、やらなきゃいけないんだから……」

——まただ。

この言葉に俺は違和感《いわかん》を覚える。

春雨は今、やらなきゃいけないと言った。

やりたい、ではなく、やらなきゃいけない、と。

俺の脳裏《のうり》にタクシーの車内で見たあの涙《なみだ》が浮かぶ。思えばここ数か月、春雨の様子は変だった。

道端《みちばた》で尻《しり》を振《ふ》り乱《みだ》しながらなりふり構わずいいことをしようとしていたり、文化祭の片付けを体調が悪いのを隠してまでやろうとしていたり……それに、今の言葉もそうだ。

なにがこいつをそこまでさせるんだろう。

俺はそれとなく聞いてみることにした。

「な、なあ……なにか最近……あー……困ってることでもあったりするのか？」

すると、ベッドの上の春雨はいつもの勝気な顔でそっぽを向く。

「べ、べ、別にないわよ！　別に……」

そう言って春雨は抱いていたクッションをギュッと体に抱き寄《よ》せた。

俺はひとつ短く息を吐《は》くと、落ち着いたトーンで話しかける。

「……俺、前に助けてもらったことがあっただろ？　だからその時のお礼が……」

お礼がしたい。そう言いかけて俺はやめる。

お礼がしたいんじゃない。お礼は一回したら終わってしまう。

俺がコイツにしたいこと……したいことは……。

俺は少しだけ恥《は》ずかしさを我慢しながら改めて言い直す。

「いや、お礼じゃないな。前にお前から言われたろ？　仲間だって。だから、俺も仲間として お前が困ってるんなら助けたいって……その……思うんだ……」

俺の言葉を聞いても、まだ目を伏《ふ》せたままの春雨。

だが――

「わ……わわわわわ私も春雨ちゃんの友達だし、その……な……仲間……だよ……？」

「そうよね……。最近の春雨ちゃん、どこか変だったよね……。小湊くんが切り出してくれてよかったあ。なにか手伝えることあるかな」

紙山さんや新井も続いてきてくれた。

「……みんな」

春雨はベッドの上で顔を上げると、俺たちの顔を順番に眺める。

そして、一瞬《いっしゅん》だけ微笑むと直《す》ぐに残念そうな、悲しそうな顔になった。

「あ、あ、ありがと……。アタシ……そんなふうに思ってもらえて……本当に嬉《うれ》しい……。でも、これぱっかりはみんなに出来ることはないのよ……」

春雨の言葉が一気に部屋の空気を重くする。

なにも言えない俺たちに、春雨は再び目を伏せてぼそりと口を開く。

「……今日はありがと。ちょっと体が辛《つら》いから、今日はもう帰ってもらってもいい……かしら……」

数十センチ先のベッドにいる春雨が、急にずっと遠くの方へと行ってしまったように感じた。

冷たく、重い空気。

そんな空気を変えるように新井がいつもより明るいトーンの声で言う。

「そ、そっか……。なら今日は私たちもう帰るね。でも、なにか出来ることがあるならいつでも言ってね」

「わ……わわわわ私もなんでもお手伝いする……ううん、したいなって思ってるから……」

二人はそう言うと部屋のドアの方へと足を進めた。

だが、俺はその場から動けなかった。

「……どうしたの？　小湊くん……今日は帰ろ？」

新井の言葉が遠くに聞こえる。

思い出せ。俺はさっき、なにを喜んだ？

いつもの春雨が帰ってきてくれて。いつもの日常が帰ってきてくれて。

俺は……俺は嬉しかったんじゃないのか？

『みんなに出来ることはない』

春雨はそう言った。

それは、いつかの俺が考えていたことと同じじゃないのか？

紙山さんの紙袋の裾から汗が一滴《てき》、静かにこの部屋のラグを濡らす。

出来ることがない……本当にそうだろうか。仮に本当にそうだったとしても……。

「こ……小湊……くん……？」

タクシーの中で流した春雨の涙。

さっき母親から聞いた春雨の過去。

昔の春雨になくて、今の春雨にあるもの……それは――

「悪いけど今日はもう帰って……、本当にもう体が辛くて……。またちゃんと元気になるから……また元気になって部活やるから……一生懸命《いっしょうけんめい》やるから……」

そう言って顔を背ける春雨を無視し、俺はその場でどかっと腰《こし》を下ろすと春雨を真《ま》っ直《す》ぐに見据《みす》えて言い放つ。

「帰らない」

「ちょっと小湊くん……春雨ちゃんもああ言ってるし今日はもう……」

困惑《こんわく》している新井を無視して続ける。

「たとえ解決出来なくったっていい。それでも、悩みを共有することくらいは出来る。だから話して欲しい」

「な、な……なに言ってんのよ……バカじゃな――」

「バカでいい。それでも……なにも出来なくても俺は聞きたい」

「……別にいいって言ってるでしょ！　しつこい！　帰りなさいよ！」

「帰らない！　お前の問題は俺の問題だ！　だから帰らない。だってコレ、お前から……春雨から言われたことなんだからな。それに……」

その先の言葉を告げるのが、俺は正直恥ずかしかった。だが、俺の恥ずかしさなんて今はどうでもいい。俺の思ってることを正直に伝えたい。そう思ったんだ。

「それに……俺たちは会話部だろ？　会話の練習をする部活……だよな。だ、だから……会話をしないか？　なにもできなくっても会話をしよう。春雨……お前さ、部活やらなきゃなんだろ？　それならさ、春雨……俺と……俺たちと、会話をしようぜ？」

俺が最後まで言い終えると、春雨はハッとした顔をする。

しばらく、部屋の時間は止まっていたが、やがて春雨がポツリと小さな声をこぼす。

「……………そ、そこまで言うなら話してもいいわよ……。で、でも多分……みんなには、なにもしてもらえないと思うけど……それでもいいなら……会話……してもいい……かな……。でも本当に……それでも……いいの……？」

　俺はにこっと笑うと、当たり前だろ、と返した。

　紙山さんもこれに続く。

「……は……は……春雨ちゃん……。あの……私も前にみんなに助けてもらって……。それで少し……ほんの少しは……前に進めたから……。だから春雨ちゃんも、もし嫌《いや》じゃなければ……聞かせてもらえたら……嬉しい……な。だって……私たち……その……と……友達……なんだから……！」

　スラリと長い両手を体の前でギュッと握《にぎ》り、大きな胸を押《お》しつぶすようにして、紙山さんが話しかける。言葉はところどころ震えていたし、今も紙袋の裾《すそ》からはぽたぽたと汗《あせ》が滴《したた》り落《お》ちては敷《し》かれたラグを濡《ぬ》らしているけど、紙山さんは彼女《かのじょ》なりにがんばって春雨の中に入ろうとしていることだけは伝わってくる。普段はあまり人との距離《きより》を詰《つ》めず流されることの多い紙山さんの、精一杯《せいいっぱい》だったに違《ちが》いない。

　新井もそれに続く。

「うん、そうだね。私に……ううん、私たちに出来ることがなくっても、それでもなにか力になりたいなって、私も思うもん」

俺たち三人の真剣さに負けたのか、春雨は短く息を吐くとこちらへ向き直る。

「わ、わ、分かったわよ……。みんなしてまったく……。でも……き、き、聞いても……笑わない……？」

そう言いながらベッドの上で顔を真っ赤に染めている春雨に、俺は笑《え》みを返す。

春雨は真っ赤な顔のまま、ぼそりと呟いた。

「それじゃ話すけど……こ、こ、来なかったのよ……」

来なかったとはどういうことなのだろう。

「来なかった？　なにが来なかったんだ？」

すると、春雨は尚《なお》も顔を真っ赤にして続ける。

「だ、だから来なかったのよ……アタシの所に……！　去年……。だからアタシ、今年はがんばらなきゃって……いい子にならなきゃって思って……。で、でも……色々と上手く出来なくて……文化祭も失敗しちゃったし……」

そう言って顔を曇《くも》らせる春雨。

だが、話の趣旨《しゅし》が見えてこない。

「よく分かんないんだけど……なにが来なかったんだ？」

すると、春雨は布団《ふとん》で口元を隠しながら、聞こえるか聞こえないかくらいの小さな声を出す。

「……タさん……」

「たさん？　すまん、よく聞こえな――」

聞き返した俺に春雨は真っ赤な顔を向けると、両目をギュッとつぶり勢いに任せてこう言った。

「サ、サ、サンタさんよ！　サンタさんが来なかったのよ！」

一瞬意味が理解できなかった俺に、春雨は少しだけ落ち着きを取り戻《もど》し、真っ赤な顔を伏せながら言う。

「……サンタさんが来なかったのよ……去年のクリスマス……！　ア、ア、アタシ……いい子にしてたつもりだったのに……ダメだったみたい……。だ、だ、だから今年はいい子でいなきゃいけないって……思って……」

最後の方は消え入りそうな声で言う春雨。

サンタ……さん……？

サンタさんてつまり、あのサンタさん……だよな？　他にいないよな？

「あー……サンタさんて……アレだよな……？　あのサンタさん……だよな……？」

「他にどのサンタさんがいるのよ！　アタシのこと、悪い子だって笑いたければ笑いなさいよ！　ど、どうせアンタの所には来たんでしょ？　紙山さんも新井さんも二人ともいい子だし、ゴミナトだって意外といいところとか……結構あるし……。みんなの所には来たんでしょ……？　こんなのアタシだけ……。だから、恥ずかしくて言いたくなかったのよ……」

そう言うと、春雨は顔を真っ赤にしてクッションに顔を押し付《つ》けた。

つまり、アレか………信じてるのか、春雨は。

それで全《すべ》てが繋《つな》がった。

こいつがなぜ、道端で財布《さいふ》や困ったお婆《ばあ》さんをさがしていたりしたのか。

文化祭でなぜあんなにも意地になりがんばっていたのか。

春雨は、いい子になりたかったのだ。

いい子の所にはサンタクロースが来る。

そう信じている春雨の下《もと》へ、去年のクリスマス、サンタクロースが来なかった。だから春雨は思ったのだろう。自分は悪い子なのだと。だから、今年こそはと意気込んでいたのだ。そして、その結果があの空回り。

クッションで顔を隠したままベッドの上で小さな体をさらに小さくしている春雨に、なんと声を掛《か》ければいいか分からなかった。話題はデリケートであり、しかも本人は真剣に悩んでいる。

隣を見ると、紙山さんや新井もなんと声を掛けていいものか迷っている様子でなんともいえない顔や紙袋をしていた。おそらく、俺も似たような顔をしてるんだと思う。

お前の問題は俺の問題だ。

つい今しがた大それたことを言ってしまった。だが、これは家庭の問題だ。

あの、人の良さそうな母親がなぜそんなことをしたのか理由は分からないが、この件に関して、俺が……俺たちが出来ることはなにかあるのだろうか。

本物のサンタを呼んでくることなど出来ない。

春雨の両親に対し、今年はサンタを寄越《よこ》してくれ、と頼《たの》み込むのもおかしな話だと思う。

それなら、俺たちはなにが出来るんだろう。

必死に考えながら、俺はここ最近の春雨の様子を思い返す。

買い物に行った時のこと。紙山さんの練習に付き合い目を真っ赤にしていた時のことや、水族館で紙袋を準備していた時のこと。練習試合や、文化祭が終わって二人で片付けてる時のあの……。

あれだけ悩み、本気でがんばっていた春雨が報《むく》われないことなどあって欲しくは無かった。

この春雨をなんとかしてやりたい……同じ部活の仲間として、友達として、そしてなにより、以前俺の心を晴らしてくれた恩人として。

この問題を解決する方法はないかと考え、ひとつの案を思いつく。

「事情は分かった……それなら――」

俺は春雨の方を向くと、精いっぱいの笑顔《えがお》を作る。

「――それなら、これからクリスマスまで、俺たち会話部の活動はみんなで街へ出ていいことをするっていうのはどうかな……。この前、お前がやろうとしてたようなことをやるんだ……今度はみんなで」

クリスマスまでの約一か月間。春雨はきっとひとりで、この前みたいにいいことをし続けるんだろう。そんな春雨に俺たちが出来ることは……と考えた時、春雨がひとりでがんばるはずの時間を、みんなで一緒にがんばれないか。そう思った。

正直、これをしたところで春雨の下にサンタが来るとは限らない。それとこれとは別の問題だ。それでも、だからと言ってなにもしないなんていうことは、俺には出来なかった。

俺の提案を聞いた春雨はきょとんとした顔でこちらを向く。

「いい……こと……？　みんなで……？」

「あぁ、いいこと。前にお前がやってたみたいに落とし物を探したり、街で困ってる人を探して助けたり……まぁ、なんかそんな感じのことを、今度はみんなでさ」

「そ、そんなの会話部の活動とは全然関係ないじゃない！　それに……みんなにまで迷惑《めいわく》かけられないし……」

そう言ってクッションをギュッと抱えて顔を伏せた春雨に俺は返す。

「案外そうでもないいんじゃないかな」

顔を伏せたままの春雨に代わり、新井が反応する。

「小湊くん、どういう意味？」

「だって、なにかをする為《ため》に街へ出て活動するっていうことは、誰《だれ》かと関《かか》わる機会も増えるだろ？　誰かと関わるってことは会話の練習になるはず……いや、これはもう練習じゃないかもな」

今度は紙山さんがこちらを向く。

「れ……練習じゃ……ない……？」

「うん、どんないいことが出来るかはその時になってみなければ分からない。それに、どんな人とどんな会話をするのかも、その場面になってみなければ分からない。相手も、状況も、内容も……全てをその場に応じて判断し、対応する。だからこれは……俺たちが今までやってきた練習とも練習試合とも違う……。これは――」

俺はここで一旦《いったん》言葉を区切ると、三人の方を順番に見る。

俺たちが春雨のために出来ること……それは。

「――これは、俺たちが初めて迎《むか》える本番なんじゃないかな」

三人はしばらく俺の顔を見ていたが、最初に口を開いたのは紙山さんだった。

「わ……わ……私！　私……やる……やるよ……！　春雨ちゃんのためにも……わ……私のためにも……！」

次に口を開いたのは新井だ。

「そうね、小湊くんの言う通りかも。練習試合もいい結果に終わったし、そろそろ実戦で私たちの実力を試《ため》してみてもいいんじゃないかな、うんうん」

そう言ってにこにこと笑う新井。

俺は二人に頭を下げるとお礼を言う。

「二人ともそう言ってもらえると助かる、ありがとな。……で、お前はどうする？」

俺はベッドの上でぽかんとしている春雨の方を向く。

「一緒にやろ、春雨ちゃん」

「み……みんなでやればきっと……楽しいよ……だから春雨ちゃんも……やろ？」

紙山さんも新井も、笑顔で春雨の方をじっと見つめた。

春雨は最初、俺たちがなにを言ってるか分からないといったようなぽかんとした顔をしていたけど、やがて理解が追い付いてくると、一瞬のうちに表情がころころと変わった。

嬉しい。驚《おどろ》き。恥ずかしい。申し訳ない。そしてもう一度……嬉しい。

ほんの一瞬で色んな顔を見せた春雨は、喉《のど》の奥《おく》から絞《しぼ》り出《だ》すようにしてこう言った。

「あ……あ……ありがと……。ありがと、みんな…………」

涙と笑顔が同時に零《こぼ》れた。

春雨は胸のつかえが取れたような柔《やわ》らかな顔で笑い、細い指で涙を拭《ぬぐ》うともう一度言う。

「ありがと……本当に……。アタシ、がんばるから……もっともっとがんばるから……。だから、これからも……一緒に……」

それからしばらく、俺たちは今後のことを話し合い春雨の部屋を後にした。

階段を降りる俺の後ろから新井が声を掛けてくる。

「小湊くん、さっきのは名案だったね。これからの実戦、楽しみだなあ。……でも、サンタさんの方は……」

新井がなにを言いたいか痛いほど分かる。

俺は振り返《かえ》らずに答えた。

「分かってる。そっちの方もなにか考えてみるよ。まぁ……なんとかなるだろ、多分」

なんとか出来る自信など微塵《みじん》もないのだが、今の俺はこう答えるしか無かった。

俺たちがいくら街でいいことをしたとしても、春雨の下にサンタがやってくる保証などどこにもない。これで今年も来なかったとしたら、春雨はどう思うだろうか……。

こっちはこっちでなんとかしなきゃな……。

そんなことを考えながら階段を降り一階の廊下《ろうか》へと着くと、春雨の母親が立っていた。

「今日は来てくれてありがとね。また元気になったら学校で仲良くしてあげてね」

そう言ってにっこりとほほ笑む母親。

春雨の所にサンタが来なかったのは、この家族の問題だ。

だが、この家の様子や母親の態度を見る限り、家庭に問題がありそうには思えない。

少なくともこの母親の笑顔を見ていると、少々抜けたところはありそうなものの春雨のことをきちんと愛していそうに思えた。

……ということは父親に問題が？

俺はなんとか解決の糸口を探そうと、それとなく質問する。

「ありがとうございます……あー……そう言えば、今日はお父さんはいらっしゃらないんですか？　で、できればご挨拶《あいさつ》だけでもしたいなー……なんて」

するとと春雨の母親は残念そうな顔で答えた。

「パパはもうずっと海外なのよ。仕事で単身赴任《ふにん》なの。春雨ちゃん、パパのことがすっごく好きだからさみしがってるわ」

さっきリビングの写真立てにあった親子三人の写真を思い出す。幸せそうな笑顔の三人。

「あぁそうですか……ご挨拶したかったんですが……」

そう返事をしながら、俺はこの問題がなぜ起きてしまったのかを考える。

やっぱり、この家族に問題があるようには思えな……いや――

俺はさっきリビングで見た天真爛漫《てんしんらんまん》すぎる母親の姿を思い出す。問題があるとすればこの……。

俺は心に浮かんだ疑問を解消するため、母親に質問を重ねる。

「あ……えっと、お父さんはいつ頃《ごろ》から海外に？」

「そうねぇ……去年の丁度今くらいの時期だったかしら。この家に越してきてからほんとすぐだったわね……。それからずっと戻ってないの」

春雨の父親は去年の十二月の頭から海外で、この家へは戻ってきていない。

急に決まった海外への単身赴任……とするともしかして……。

俺の推測が正しいのなら、この母親の下へも……。

「あの……ちょっと変なことを聞いていいですか？」

「なあに？」

「あの……お母さんのところへは……その……去年サンタクロースって来ました？　ああいや、ごめんなさい変な質問して……あはは」

　すると、母親は驚きを隠そうともせず答えた。

「な……なんで分かったのかしら……。やっぱり私はいい子じゃないって分かる……？」

「ということはつまり……？」

「ええ……私のところには来なかったわ……。春雨ちゃんのところにも……。母子揃《そろ》って悪い子だったみたいなの……。だから、今年こそはって春雨ちゃんと二人で話してるのよっ！」

　原因だけはあっさり分かってしまった。

　この母親もまた、春雨同様サンタクロースを信じているのだ。

　この家ではこれまで父親がサンタだったんだろう。それが突然《とつぜん》の海外赴任。父親は去年、サンタ役が出来なかったのだ。だから春雨の下へも、そして母親の下へもサンタが来なかった。

　家族に問題があるわけではないことが分かりほっとする。

だが、それならいったいどうやったら春雨の問題を解決できるのか。

「あの……お父さんは今年は戻ってこられそうですか？」

俺が聞くと、母親は頰に手を当て残念そうに答える。

「多分年内は無理なんじゃないかしら……。連絡《れんらく》もたまにしか取れないくらい忙《いそが》しいみたいでね……あら、電話かしら、ちょっと失礼するわね」

リビングで母親のスマホが鳴っている。

父親が戻ってこられないのでは、今年もこの二人の下へはサンタは来ない。なら、どうやって問題を解決したらいいのか……。

俺が考えていると、母親が戻ってきて俺にスマホを差し出した。

「小湊くん、ちょっと代わってもらっていいかしら」

「俺に……ですか？」

この電話が、俺に……そして、俺たち会話部に一筋の光を与《あた》えてくれるのだが、そのことを、今の俺はまだ知らなかった。

春雨さんとクリスマス

kamiyama san no
kamibukuro no
naka niha

■　春雨さんの靴下の中には

「それじゃ、そろそろ行くけど大丈夫《だいじょうぶ》……だよな……？」

静まり返る住宅街に響《ひび》いた声が思ったよりも大きくて、俺は慌《あわ》てて声のトーンを下げる。

月も星も見えない黒くて重たい夜空。時刻はそろそろ十一時を回ろうとしていた。

肌《はだ》を刺《さ》す冷たい風に身を縮こまらせながら呟く俺に、新井がいつものにこにことした顔を向けた。

「大丈夫よ、小湊くん。むしろなにが不安なのかが分からないくらい大丈夫。だって……」

その後に続く新井の言葉はいつになく真剣だった。

「……だって、あれから私たちはがんばったもの。がんばっていいことを一杯《いっぱい》してきたんだから……だから大丈夫、うん」

あのお見舞《みま》いの日。

春雨からサンタの話を聞いた俺たちは、クリスマスイブである今日までの約一か月間。

会話部の校外活動としていいことを沢山《たくさん》してきた。

ゴミ拾いに迷子捜《さが》し。落とし物を警察に届けたり、困っているお年寄りを助けたり。その他にも思いつく限りのいいことをした。

見知らぬ人とコミュニケーションを取ることは俺たち会話部の活動目的とも合致《がっち》する。これは、俺たち会話部が初めて迎えた本番だった。

最初はなにもできなかった紙山さんや春雨も、みんなと一緒《いっしょ》だからか徐々《じょじょ》に見知らぬ人とも会話が出来るようになっていた。

今日だって、大きな荷物を抱《かか》え困っているおじいさんを見つけ運ぶのを手伝ったりもした。もっとも、あり得ないくらいに重かった荷物を紙山さんが片手でひょいと持ち上げたのを見て、おじいさん……軽く引いてはいたのだが……。

大丈夫だと言って笑う新井に少しだけ不安を取り除かれた気がして、俺は改めて今の状況を確認《かくにん》する。

ここは春雨の家の前。

三〇分ほど前に全ての灯《あか》りが消えたのを確認している。

俺と新井、そして紙山さんの三人は、春雨のため、こんな時間にここに集まっていた。

「小湊くんも紙山さんも、とっても似合ってるね。その衣装」

俺たちを見ながらにこにこしている新井に俺は返す。

「よくこんなもの持ってたな……サンタ服なんて」

「わ……わわわわ私……初めて着たよサンタさんの服……」

そう言って照れる紙山さん。肌を刺すような冷たい空気の中、俺と紙山さんは新井が用意してくれた揃いのサンタ服に身を包んでいた。

紙山さんに至ってはいつもの茶色の無地の袋《ふくろ》ではなく、クリスマスリースがプリントされたクリスマスらしい赤と緑の紙袋を被《かぶ》っている。

俺は赤いサンタ服のポケットから鍵《かぎ》を取り出す。以前春雨の母親が勘違《かんちが》いして俺に渡《わた》したこの家の合鍵だ。

鍵穴《かぎあな》に差し込み、ゆっくりと回す。カチャ……と小さな音を立てて鍵が開いたことを確認すると、極力音が出ないようそっと扉《とびら》を開く。

「……よし、あ、開いた……ぞ……。そ、それじゃ……行こうか……」

紙袋を小さく縦に振る紙山さん。

「二人とも気を付けて、くれぐれも慎重《しんちょう》にね……」

「分かってる。新井も……あー……なんかよく分からないけどよろしくな……くれぐれも大ごとにだけはならないようにな……？　頼むから」

「うん、大丈夫、私に任せて」

いつものにこにことした笑顔で手を振る新井。

新井はもしもの時のための準備があるとかで外で待っているらしい。

新井がなにを考えているのか分からないし、なに考えてるか分からなくて怖《こわ》いまであるんだが、三人でぞろぞろと連れだって行っても春雨を起こしてしまうかもしれない。

俺は新井に背を向けると、ひとつ短く息を吐き心を決める。

「こ……ここ小湊くん……が、がんばろうね……！」

そう言って両手を身体の前でギュッと握る紙山さん。

「あぁ……春雨のサンタ作戦……始めよう。大丈夫、必ずばれずにプレゼントを届ける……」

自分に言い聞かせるようにつぶやくと、俺は靴《くつ》を脱《ぬ》ぎ春雨家へと入った。

真っ暗な家の中を、お見舞いの時の記憶《きおく》を頼《たよ》りに階段を探す。階段へと足をかけ、足音を立てないよう上って行く。

思いの外緊張《きんちょう》し、額にはすでに汗が滲《にじ》み始めていた。

「こ……ここ小湊くん……大丈夫かな……」

後ろから紙山さんの心配そうな声。

「あぁ……今のところは誰も起きてきてないし上手《うま》く行ってる……と思う」

俺《おれ》の返事に、微《かす》かに紙袋《かみぶくろ》を横に振る音がする。

「ううん……そういうことじゃなくって……。あの……ほ、本当にこうやって忍《しの》び込んじゃって……い……いいんだよ……ね……？」

至極《しごく》当然な心配をする紙山さんに、俺は答える。

「前も話したけどちゃんと許可をもらってる……と言うより、頼まれてるからな。この家の主にさ」

紙山さんにそう告げ春雨の部屋へ向かう階段を上りながら、俺は、先日の出来事を思い出していた。

「小湊くん、ちょっと代わってもらっていいかしら」

「俺に……ですか？」

なぜ春雨の母親のスマホに俺宛《あて》の電話がかかってくるのだろう。首を傾《かし》げながらも言われるがまま、おそるおそるスマホを耳に当てると、俺の耳に地の底から響くようなドスのきいた声。

『キミか……うちの春雨と結婚《けっこん》したいと言っている男は……！　大事な一人娘《ひとりむすめ》を傷物にしおって……！　それでも娘の意思を尊重したい……それが親としての務め……だからどう

か！　どうか、うちの春雨を何卒《なにとぞ》よろしくお願いします……アレでも俺にとっては大事な娘なんだ……幸せにしてやって——』

「あー……えっと、ちょっと待ってください。疑問が三つくらい同時にあるんですが……あの……お父さん……ですか？　春雨さんの」

『いかにも、春雨の父親だ。久しぶりにママに電話をしたら、なんということか！　彼氏《かれし》が家に来ていると聞いて電話を代わってもらったのだ。だからどうか！　どうか、春雨をよろしくお願い——』

「だ、だからちょっと待ってくださいって！　そもそも付き合ってないですから！」

『照れなくともいい。恥じらいは夫婦《ふうふ》が長続きする大事な秘訣《ひけつ》だ……だが今は男と男の真《しん》剣《けん》な話をしている！　だからどうか春雨をよろし——』

まったくこの家族は全員が全員イイ人っぽくてそれでいてめんどくさいな！

通話口から、よろしくお願いしますと聞こえてくる声を無視して、俺はため息をひとつ。

キチンと否定した後、適当にあいさつでもして丁重《ていちょう》に電話を切ろう……。

そう考えていた矢先、俺は気が付いた。

慌ててスマホを握り直すと廊下のスミ、みんなに声が聞こえない場所まで移動する。

『——でな、その時春雨はなんて言ったと思う？　アタシ大きくなったらパパと結婚する

～って言ったんだ。その時、俺はもう死んでも！　死んでもいいと！　……そうそうちょうどその時の写真があるから今度小湊くんにも見せて――』

いつの間にか娘の溺愛話《できあい》が始まっていたのを無視して俺は続ける。

「あの……ちょっとお父さんに質問があるんですが……」

電話口から、なにかな？　という声。

「今、なんだか春雨さんに悩《なや》みがあるみたいで……。えっと……結論だけ先に言うと……その……去年のクリスマス……お父さんはご家族へプレゼントを用意しましたか……？　いろいろと話を総合すると、多分してないと思うんですが……そのせいでなんかおかしなことになってまして……」

すると、急に通話が途切《とぎ》れた……かと思ったがどうやら電話口で絶句していたようだ。

『俺はなんということを……キミに言われるまで完全に忘れていた……。きゅ……急に決まった海外赴任に忙殺《ぼうさつ》されすっかり頭から抜《ぬ》けていた……。どうしよう……小湊くん……俺……どうしたらいい……？』

さっきまでの威勢《いせい》のいい声から一転、今度は泣きそうな声が聞こえてくる。この大人、大丈夫か……。このテンションの落差……流石《さすが》は春雨の父親とでも言えばいいのだろうか……。

「えっとですね……そのせいで春雨さんが……あぁ、あとお母さんもすごく悩んでます」

これで俺の仕事は終わりだ。父親にこのことを伝えさえすれば、あとはこの父親がなんとかするだろう。度合いはちょっと異常な気もするが、家族を愛していることは間違《まちが》いがなさそうなんだからな。

すると、父親はおかしなことを言いだした。

『困ったな……俺は今年いっぱいそっちに戻れないし……ママに頼むわけにも……そうだ！　小湊くん、ちょっと二人のサンタになってはくれないか？』

「俺が……ですか？」

『なに、そんなに難しい話でもないだろう、ちょっと夜中に家に忍び込んで春雨の枕元《まくらもと》にプレゼントを置いて来るだけでいい。プレゼント代なら後で俺がなんとかする。どうか引き受けてはくれないだろうか。春雨のサンタになってくれ……いや、ください、お願いします』

春雨の下へサンタからのプレゼントを届けたい。

そう思っていた俺にとって、これはありがたい申し出だった。

こうして俺は春雨の父親から許可をもらい、クリスマスイヴの今日、春雨の家へと忍び込んでいるというワケだ。

真っ暗な二階の廊下にぼんやりと見える春雨の部屋のドアノブへそっと手を掛ける。

後ろでは紙山さんが俺の肩《かた》に手を置いている。

手が震《ふる》えてる……紙山さんも緊張しているんだろう。

「……それじゃ、あ、開けるぞ……」

小刻みに、カサッ……という紙袋の擦《す》れる音で、紙山さんが小さく頷《うなず》いたのが分かり、俺は慎重にノブを回す。

そっと音を立てないようドアを体ひとつ分ほど開き、その隙間《すきま》に滑《すべ》り込む。続いて紙山さんも入ってくる……かと思ったが体が半分通過した時点で立ち止まり、なにやら手をわたわたとさせている。

ジェスチャーで、なにが起きた？　と問うと、紙山さんは片方の手で胸を指差した。大きな胸が引っかかってしまい、どうしていいか分からなくなってしまったようだ。

急いで紙山さんの胸の分までドアを開き、なんとか紙山さんも入室することができた。

クリスマスイヴの夜。灯りが消えた真っ暗な春雨の部屋。

部屋に入った瞬間《しゅんかん》、最初に感じたのは春雨の匂《にお》いだった。

春雨の匂いと冬の冷たい空気が混ざり合った甘《あま》ったるいような匂いに、俺はちょっぴりだけドキドキしてしまい慌てて頭を振《ふ》る。

　この家の主公認とはいえ、こうして夜中に友達の家に入っているというだけでも緊張するのに、それが女子の部屋だというのが俺の緊張を殊更《ことさら》に高めていた。イケナイことをしているような気にすらなってくる。

　なんとかイケナイ考えを頭から追い出した俺の耳に届いたのは、ベッドの方から微かに聞こえてくる春雨の寝息《ねいき》だった。

　真っ暗な部屋。ベッドの方から　穏《おだ》やかで規則正しい呼吸が聞こえてくる。

目もようやく暗闇《くらやみ》に慣れてきた。カーテン越《ご》しにうっすらと、ほんの少し僅《わず》かに差し込んでいる外の明かりで部屋の様子が徐々に見えてくる。

寝息のする方へと視線を向けるとそこには、春雨の寝姿《ねすがた》が見えた。

ベッドの上の春雨。

春雨は大きなぬいぐるみを隣《となり》に置き、小さな胸を僅かに上下させ完全に眠《ねむ》っている。

物音ひとつしないこの部屋に、春雨の静かな寝息だけが響いていた。

「……なんとかここまで入ってこられたな……」

　隣の紙山さんに小声で話《はな》し掛けると。

「う……うん……そうだね……。春雨ちゃん眠っててくれて良かったね……」

すると、耳に嵌《は》めたイヤホンから新井の声がする。

『その様子だと、どうやら部屋に着いたのね。状況《じようきよう》はだいたい把握《はあく》できているわ。それで……どう？』

家に入る前。俺たち全員で意思の疎通《そつう》が取れるよう、それぞれのスマホでグループ通話をオンにし、マイク付イヤホンを嵌めたまま行動していた。

新井はひとり、外で俺たちの様子をずっと確認してくれていたらしい。

マイクにだけ届くような小さな声で答える。

「あぁ……ちょうど部屋に着いたところだ……。大丈夫……春雨は寝《ね》てる。後はプレゼントを置いて作戦終了《しゆうりよう》だ……」

『それなら良かった。引き続き、気を抜かないでね……がんばって！』

俺は小さく、分かった、と返すとサンタ服の上着のポケットにあらかじめ入れておいたプレゼントを取り出す。

事前に俺たちがお金を出し合って買っておいたプレゼントの箱だ。

文庫本サイズくらいの小さな箱にはきれいにラッピングが施《ほどこ》され、真っ赤なリボンが掛《か》けられている。絵本の世界に出てくるような、見るだけで心の幼い部分を刺激《しげき》されるようなプレゼントの箱。

あとは俺たちがこれを部屋のどこかへ置けば今日の作戦は無事終了となる。緊張したけど、思ってたよりはカンタンだったな……。

あとはプレゼントをどこへ置くかなのだが……ばれる可能性は極力排除《はいじょ》したい。俺たちが今いる入り口付近にプレゼントを置いとけばいいだろう。

俺がプレゼントの箱を自分の足元に置こうと身をかがめると、不意に紙山さんが服の裾《すそ》を引っ張った。

「こ……こここ小湊くん……アレ……見て……」

そう言ってベッドの横を指差す紙山さん。

言われるがままに指の先へと視線を動かした俺の目に、厄介《やっかい》なものが映った。

それは――――靴下だった。

春雨のベッドの脇《わき》に大きい靴下が掛けてある。

「あー……アレって……もしかすると、もしかするよな……？」

「だ……だよね……」

春雨は、律儀《りちぎ》にもプレゼントを受け取る為の靴下を用意していたのだった。

部屋のどこかへ置いておけばいいかと思っていたが、多分、あの中に入れるべきなんだろうな。少なくとも、俺が本物のサンタクロースならそうするはずだ。

春雨が起きるリスクもあるんだが……仕方ない……。

俺は紙山さんの方を見るとコクリと頷く。

そして、一歩ずつ息を殺して春雨のベッドへと近付いていく。

一歩進むたびに春雨の寝息が近くになり、額に滲んでいた汗《あせ》の粒《つぶ》が大きくなるのを感じる。自分の鼓動《こどう》が大きく聞こえ、この音が春雨にも届いてしまうのではという不安を覚える。

俺は緊張を背に一歩ずつ……ゆっくりと……春雨のベッドへと近付いていき、口から心臓が飛び出るんじゃないかと思うほど緊張しながら、それでもなんとかベッドの脇までたどり着いた。

あとはこの靴下にプレゼントの箱を入れるだけ……。

そう思い、そー……っと手を伸《の》ばしたところで突然、ベッドから大きな怒鳴《どな》り声《ごえ》が聞こえてきた！

「ちょっとゴミナト！　アンタ、なにやってんのよ！」

ベッドの中の春雨は急に声を上げると寝たまま手を伸ばし、靴下へ伸ばしていた俺の手首をギュッと掴《つか》んだのだ！

突然の出来事に俺は全く反応できず、体はその場でカチコチに固まった。かわりに、心臓だけがこれ以上早く打てないほどドクドクと脈打っている。

『こ、小湊くん！　春雨ちゃんの声が聞こえたけど大丈夫……？　もしもし……？　もしもーし！』

イヤホンから聞こえる新井の声に反応できないまま、俺は……作戦の失敗を悟《さと》った。

終わった……。

春雨に全てばれてしまった、こうなったら正直に全てを話して謝《あやま》ろう……。

硬直《こうちょく》した体でそう考えていると、春雨がもぞもぞしながら口を開く。

「……うぅん……まったくゴミナトはホント使えないんだから、あーちゃんも困ってるじゃない……。だから、アタシが捕《つか》まえたのは本物の宇宙神だってさっきから言って……え？　あーちゃんは平気？　そう、そ、そ、それならいいんだけもにゅあぁ……」

最後の方は言葉にならずもにゃもにゃ言っていた。

今のは寝言《ねごと》か……？

暫《しばら》く春雨に手を掴まれた状態で固まっていたが、やがて春雨は俺の手首を離《はな》すと再び寝息を立て始めた。

どうやら寝惚《ねぼ》けて俺の手を掴み、寝言を言っただけのようだった。

いったいどんな夢を見てるんだ……激しく気になる……。

だが、そんな疑問はひとまず置いといて、俺がほっとして後ろを振り返ると、一部始終を見ていた紙山さんにも安堵《あんど》が伝わり大きな胸を撫《な》で下《お》ろしていた。胸に手を当て、紙袋の中からほっと息を吐《は》き、体を前に折り曲げる紙山さん。

――これがいけなかった。

極度の緊張状態から解放されたせいか、下を向いた勢いが強すぎて頭に被っているリースの描《えが》かれた紙袋がはらりと脱げた。

暗い寝室《しんしつ》でカサッ……と音を立てて床《ゆか》に落ちる紙袋。紙山さんの素顔《すがお》があらわになる。まったく予期していなかった出来事に、俺と紙山さんは思わず、同時に大きな声を発してしまった。

「あ！」

「あ！」

紙山さんが慌てて紙袋を拾おうと身を屈《かが》めたのと、俺がベッドの方から聞こえる声に気が付いたのはほぼ同時だった。

「う……うーん……。な、な、なに……？　今の……人の声……？」

暗闇にすっかり慣れた俺の目が見たもの……。それは、春雨がもぞもぞしながら目をこすり、俺たちの方へと顔を向けようとしている姿だった。

まずい！　今度こそ本当にまずい！

「……だ、誰かいるの……？」

ベッドの方からはさっきまでの寝言ではない、完全に起きている春雨の声が聞こえている。

春雨は目をこすりながらベッドの上でゆっくりと上体を起こし、寝惚けまなこで俺たちのいる方を向いている。まだ目が慣れていないせいか、春雨にはなにも見えていないだろうが見つかるのも時間の問題だろう。

これはもう正直に謝るしかない……。

俺がそう思っていると、耳に刺さっているイヤホンから新井の声が聞こえる。

『………起きちゃったのね』

俺はイヤホンにだけ届くくらいの小さな声で、あぁ、とだけ返した。

この瞬間、俺たちの作戦は失敗したのだ。

「だ、だ、誰……？　誰なの……？　そ、そこに誰かいるん……でしょ……？」

俺が春雨に対し謝罪の言葉を告げようとしたその時、イヤホンから新井の声が聞こえる。

『そう……起きちゃったのね……。でも大丈夫！　こんなこともあろうかと思って用意して来てよかったわ……。小湊くん、紙山さん……この状況、私に任せてくれる？』

新井からは事前に『もしもの時の準備があるから』としか聞いていなかった。

新井がどんな準備をしているのか、俺は分からない。だけど、今がその、もしもの時なんだろう。ここからでも春雨の夢を壊《こわ》さない方法があるのなら……それに縋《すが》りたい。

紙山さんの方を見ると、彼女《かのじょ》も同じ気持ちだったのだろう。紙袋を拾おうと屈んだ状態で、素顔のままコクリと頷いている。

俺は小声でつぶやく。

「……分かった、新井に任せる」

『了解《りょうかい》よ。二人とも、一度しか言わないからよく聞いて……。いい？ 今から紙山さんは小湊くんを抱えて窓の前に立って。それで、私が合図をしたら一気にカーテンを開けてね』

「紙山さんが俺を抱える？ なんでそんなこ……」

『説明している時間はないわ！ すぐに春雨ちゃんは暗闇に目が慣れるはず。そうなる前に……早く！』

新井はなにを考えているのだろう……だが、俺たちにはもう時間がない！

「だ、誰《だれ》……？ そ、そこにいるんでしょ……？ 人影《ひとかげ》みたいなの……見えるし……。ま、ま、まさか……」

春雨の目も徐々にはっきり見えてきたらしい。

俺は藁《わら》にも縋る思いでこの場を新井に託《たく》した。

「分かったよ……紙山さんやってくれ……！」

俺のつぶやきが合図となった。

紙山さんは俺の背中と脚《あし》に腕《うで》を回すと、軽々とお姫様抱《ひめさまだ》っこの状態で抱え上《あ》げた。

身体に紙山さんの大きな胸の感触《かんしょく》……だが、今はドキドキしている場合ではない！

俺は柔らかな感触を頭から追《お》い払《はら》うと、紙山さんに身体を預けた。紙山さんは俺をお姫様抱っこしながら窓の方へと近付いていく。

両手がふさがっている紙山さんの代わりに、抱えられたまま俺は両手をカーテンに掛《か》ける。

「も……もしかして……サンタ……さん？　サンタさんなんでしょ……？　ちょっと……そっちは窓よ……。待って……行かないで……！」

春雨の目には、暗闇の中でぼんやりとうごめく俺を抱えた紙山さんの背中が映っていることだろう。

懇願《こんがん》する春雨の声を聞きながら、俺はマイクに向かって小さくつぶやく。

「準備ＯＫだ」

『こっちもＯＫよ……。カーテンを開けたらすぐに窓に背中を向けて目を瞑《つぶ》ってね……いい？　それじゃいくよ……三……二……一……今よ！』

なにが始まるかは分からない。

これからどうなるかも分からない。

……だが、まだやれることがあるのなら……俺《おれ》はそれに賭《か》けたい！

新井に言われるがまま、春雨の部屋のカーテンを思い切り開き、同時に両目をギュッと閉じる。

——次の瞬間、部屋が光の洪水《こうずい》に包まれた。

瞑った瞼越《まぶたご》しでも分かる。大量の光がこの部屋に差し込んでいる。

「待ってサンタさ……キャアア！　な、なに⁉　なんなのよ！」

ベッドからは、突然の眩《まぶ》しい光に驚く春雨の声が聞こえてくる。

紙山さんの腕の中でなんとか薄目《うすめ》を開けてみると、春雨は光の洪水を遮《さえぎ》るように顔を両手で覆《おお》っていた。

この部屋になにが起きてるんだ⁉

目が眩《くら》むような光の洪水の中、俺は薄目のまま窓の外を確認する。するとそこには、大量の投光器が並んでいた。なんだ……アレ……。

たまらず手で光を遮りながらマイクに返す。

「な、なんだこれは！　いったいどうなってんだ！」

するとと新井はあっけらかんと言った。

『こんなこともあろうかと大量の投光器を用意してきたの。私の伝手《つて》で格安で借りられたわ！　強い光で春雨ちゃんの目を焼けば二人だってバレないはずよ！　だから大丈夫！』

目を焼くって……。

自信満々で言う新井に俺は小声で返す。

「だ、だからってちょっとやりすぎなんじゃないのか？」

『なら小湊くんは、このままバレるのと春雨ちゃんの目を焼いてでも成功させるのと、どっちがいいの？』

なにそのデッドオア新井ブ……。

俺が黙《だま》っているとイヤホンの向こうの新井は尚《なお》も続ける。

『もちろん視力を傷つけないギリギリの強さに調整してあるから大丈夫。一時的に目が眩んでるだけ。だから安心してサンタクロースになりきって！　それじゃ今から光を消すね。あまり長くはもたないから……春雨ちゃんの目がぼんやりしているうちが勝負だからね！』

新井の発言と同時に、部屋はまたさっきまでと同じ真っ暗な状態に戻《もど》った。

恐《おそ》る恐る窓から下へ視線を向けると、こちらに向かって手を振っている新井の隣に大量の投光器が並んでいた。高所を照らす用なのか、投光器は首の長い扇風機《せんぷうき》のような形状でちょうど俺たちのいる二階の窓が正面に来るよう設置されている。

新井の指示で目を瞑り光の直撃《ちょくげき》を免《まぬが》れた俺の視界はすぐに戻ったが、おそらくあの光をまともに見てしまった春雨はまだなにも見えてはいないだろう。

ベッドの上で困惑《こんわく》する春雨を余所《よそ》に俺は……新井の用意周到《よういしゅうとう》さとズレた発想になにを思えばいいのか、新井は何処《どこ》から来て何処へ行くのかとしばし思いを馳《は》せ気が遠くなりかけたが今はそんなことを考えている場合ではない。疑問はまだあるのだ。

紙山さんに俺を抱えさせたのはなぜだったのか。

そう思い春雨の方を確認すると、目をこすりながら必死にこちらの方を見ようとしている。

「な……なんだったのかしら今の……。ダメ……ぼんやりしか見えない……でも一瞬《いっしゅん》、大きな人影が見えたのよ……。背もお腹《なか》も大きな……やっぱりサンタさんなんでしょ……？ねぇ……そこにいるの……サンタさん……よね？」

この春雨の言葉で俺は理解できた。

今の俺たちの姿が春雨には本物のサンタクロースに見えたのだ。

新井が用意してくれたサンタ服を着て俺を抱えた紙山さん。元々背が高く、俺を抱えていることでお腹周りが太く見える。まばゆい光の中に一瞬だけ、童話や絵本に描かれているような赤と白の服に大きな背とお腹の人物のシルエットが浮《う》かんだのだろう。

だから新井はあんな指示を……。

「サ……サンタさんなのよね……？　ほ……ほんものの……サンタさん……やっぱり……すっごくおっきかった……。絵本のサンタさんそっくり……！」

新井の作戦がハマったのか、春雨は俺たちをサンタクロースだと信じている様子。

新井が作ってくれたこの機会を逃《のが》してはならない！

……とすると俺がこれからやるべきことは。

俺はさっきの新井の言葉を思い出す。

『だから安心してサンタクロースになりきって！』

俺は出来るだけ低い声を無理矢理《むりやり》作ると、ベッドで悶《もだ》えている春雨に優《やさ》しく語り掛けた。

「あ、あー……バレてしまったようだな……。いかにも、俺……じゃなくてワシはサンタクロースじゃ」

こ……こんな感じか？

俺を抱えている紙山さんが小刻みに震えているのは、緊張からなのかそれとも笑っているのかどっちなんだろう。

俺が照れて顔を赤くしていると、春雨が目を細めたまま口を開く。

「や、や、やっぱり……本物のサンタさんなのね！　あの……会えて嬉《うれ》しいです……」

感動している春雨の声を聞き、サンタの演技が成功している事を知る。

俺はサンタになりきって続ける。

「あ、あぁ、今日はキミにプレゼントを持ってきた」

「あっ……あの……あの……プレゼントもらえるってことは……ア、ア、アタシ……いい子に出来てたってこと……ですか……？」

そう言った春雨の声は、どこまでも純粋《じゅんすい》で、無邪気《むじゃき》で。小さな子供のようだった。

「あぁ、キミはとってもいい子にしていたからな……プレゼントを持って……」

プレゼントを持ってきた。そう言おうとして、俺は途中《とちゅう》で止まった。

——涙
春雨の目から涙が零《こぼ》れたからだ。

思わず言葉を失っていると、春雨の口からぽろぽろと言葉が溢《あふ》れだす。

「よかったぁ……本当によかった……。あの……アタシ、今年はかんばったのよ……。去年はダメだったから、今年こそはと思って……いっぱいいいことしようって思って……」

涙と共に、春雨の口から言葉がとめどなく溢れる。

「特にこの一か月はみんなと……あ、みんなっていうのは友達のことで……。と、と、友達と一緒にがんばったの……。いっぱいみんなでいいことをしたの……。いつもちゃんとできないけど、それでも……みんながいたからアタシ……がんばれたのよ……。それに……」

春雨の言葉を俺は黙って聞く。

「……それに、去年は一人もいなかった友達が今は三人もいるのよ……。どうやったら友達が出来るんだろうって考えて、考えて考えて……。あーちゃんといつも一緒にいれば……若い人に慣れるかな……そうしたら友達が出来るかなって思って……。でも……へ、変だったかしら……。もっと他の方法があったかしら……」

俺は春雨に返す。

「いや、変じゃない。友達を作るためにがんばったんだろ？　あーちゃんと同じように」

俺の言葉を聞いた春雨は、目を閉じたままハッと息を呑《の》んだ。

――あーちゃんと同じように。

春雨の見舞いを終えた後。

なぜ春雨がパネルを連れて歩くようになったのかは分かったが、なぜあーちゃんさんを選んだのかがふと気になった俺は、彼女が出てくるアニメを見てみたのだ。春雨のことが少しでも分かればコイツの問題も解決しやすくなるかもしれない。それは、俺の平穏《へいおん》な日常を取《と》り戻すことにもつながる。

そう考え、あーちゃんさんが出てくるアニメを視聴《しちょう》してみた。

アニメの中のあーちゃんは、高校一年生の悩める女の子だった。

内気で口下手。なかなか友達が作れないという悩みを持つ普通《ふつう》の女の子だった。そんなあーちゃんがひょんなことから魔法《まほう》の力を手に入れ、魔法少女として悪と戦ったり世界を救ったりする物語。

あーちゃんは魔法の力を手に入れたことで世界が広がり、また、同じように悪と戦う魔法少女の友達も出来たりもして、最後はそれまでに絆《きずな》を深めた仲良しの魔法少女たちと一緒に戦い世界を救うというハッピーエンドで終わっていた。

あーちゃんは友達が欲《ほ》しかった。

春雨も友達が欲しかった。

だから春雨は彼女に自分を重ね、あーちゃんを選んだんじゃないかと俺は思った。

だが、あーちゃんと春雨では、決定的に違《ちが》うところがふたつある。

ひとつは、春雨の下には魔法の力は来なかったということ。

そしてもうひとつは、あーちゃんの物語は、世界を救い友達と笑いあって終わるハッピーエンドだった……だが、春雨のいる世界は現実だ。

楽しいこともあれば苦しいこともある。

たとえひとつの問題が無事に解決したとしても、次の問題がまた解決できる保証などどこにもない。いくつもの悩みや問題が同時に進行し、時に解決の糸口すら見えないほど絡《から》み合《あ》うことだってある。現実という名の物語の結末がどうなるかなんて誰にも分からない。理《り》不《ふ》尽《じん》なことだって度々《たびたび》起こる。

俺たちと出会う前の春雨は、そんな何も分からない世界でひとり考え、ひとりなにかと戦っていたのだ。

世界で、ひとり。

あーちゃんさんのアニメを見終えた俺は考えた。

春雨にとって、俺たちにとって、アニメの様なハッピーエンドが起こることなど稀《まれ》だ。だからこそ、春雨が今抱《かか》えている最大の悩み……今年のサンタ問題だけは最高に幸せな結末を迎《むか》えさせてあげたい。

アニメの様なハッピーエンドを春雨に——

それが、今の俺が、友達であり恩人でもある春雨にしてやれる精一杯《せいいっぱい》なんじゃないか。そう思ったんだ。

「キミもあーちゃんも、同じ悩みを持っていた……。だから悩んだ時、相棒にあーちゃんを選んだ……違うかな？」

俺の言葉に驚《おどろ》きを隠《かく》せない様子の春雨。

「サンタさんにはなんでもお見通しなのね……その通りよ……。そ、それより……サ、サンタさんもアニメとかみ、み、見るの……？　日本のアニメを見るってことは……サンタさんは……に、に、日本人なんですか⁉　そ、そう言えば日本語も上手だし……ア、ア、アタシてっきり外国の人かと……」

まずい、話が変な方向に行きかけてる！　俺は慌《あわ》てて軌道《きどう》修正する。

「い、いや全然！　遠い海の向こうからやってきたのじゃ……。えっと……その……そ、そう！　ワシにはなんでもお見通しなのじゃよ、いい子なのかどうか判別せねばいかんか5のう、ほっほっほ……」

こ、これで誤魔化《ごまか》せたか……？

春雨は両目をこすりながら、なるほど……とひとり素直《すなお》に納得《なっとく》してくれていた。

よかった、上手く誤魔化せた……。

なんか俺……誤魔化すスキルばっかり上達してないかな……。考えると悲しくなってくるから今は考えるのをやめよう。

納得した春雨は話を続ける。

「そ、それでね、あーちゃんのおかげで友達が出来たの……。三人だけだけど……それでもアタシにとっては大事な友達で……。えっと、紙山さんはいつも優しくって思いやりがあってね、新井さんはとってもしっかり者でみんなを引っ張って行ってくれるし……そ、それに……」

春雨はそこでいったん言葉を区切ると大きく息を吸い込み、そして小さな胸に溜《た》めた息と一緒《いっしょ》に吐き出《だ》す。

「……それに、小湊っていう変な男がいるのよ……。でも……小湊はたまに優しくて……たまに頼りになって……。時々一人で悩んでて……。アタシの大事な友達で……。それにそれに……なんだろう……なんて言えばいいのか分からないのよ……。なんなのかしらこの気持ち……と、とにかく！　三人ともアタシの大事な友達なの……。大事な友達が三人も出来たの……って、アタシ、サンタさんになに話してるのかしら」

そう言うと春雨は、目にいっぱいの涙を溜めたままにっこりと笑った。

春雨の思いを聞き、なんだか照れくさいような、気恥《きは》ずかしいような。そして、心の底から嬉しいような、そんな気持ちになった。

多分紙山さんも、スマホ越しに聞いている新井も、同じ気持ちなんじゃないかな。

不意にイヤホンから新井の声。

『そろそろ春雨ちゃんの目が慣れてくる頃《ころ》よ……。小湊くん、紙山さん……そろそろプレゼントを！』

俺はマイクにだけ届くような小声で、分かってる、とだけ返すと紙山さんの腕をポンと叩《たた》く。意図を察した紙山さんが春雨の方へとゆっくりと歩き出す。

本来の目的を果たすために。

本来の目的、それは春雨に――

俺は、ベッドサイドにつるされた大きな靴下《くつした》の中にプレゼントを入れるとこう告げた。

「メリークリスマス、春雨」

去年は空っぽだった春雨の靴下。

だが今年。クリスマスイヴの今夜。

がんばった春雨さんの靴下の中には、俺たちからの気持ちが入っていた。

静かな、なんの音もしない静謐《せいひつ》な夜。

重たい雲の向こうからおぼろげに漏《も》れる月明かりの中、紙山さんと二人、俺は冬の夜道を歩いていた。

分厚いコートを着込んでいてもまだ寒い十二月の空気。吐いた息が白い塊《かたまり》となって夜空へと吸い込まれて行く。

時刻はすでに十二時を回っている。

春雨の家を出た俺たちは、家路についていた。

『さぁ、良い子は寝る時間だ。寝なさい……絶対に窓の外を見ないように！　絶対に！』

そう言って、俺と紙山さんが春雨を寝かしつけ家の外に出た時、新井はすでに投光器を片付け終えていた。

今夜中に返す約束なの、とレンタル業者の人のものと思わしきクルマに同乗し帰って行った。

目を焼くという単語を聞いた時には新井は一体春雨をどうしたいのかと不安しかなかったし、やり方がだいぶ力技だったような気もするけど……それでも新井の用意してくれた投光器がなかったら俺たちの計画は失敗だったろうな。ありがとう新井。

紙山さんとふたり、並んで歩く冬の夜。

俺は、口から出る白い息と共に、春雨の部屋での出来事を口にした。

「春雨……信じてくれたかな……」

「……きっと大丈夫《だいじょうぶ》だよ……きっと……」

「でもなぁ……最後の最後で失敗しちゃったからなぁ……」

「ご、ごめんね！　わ……わ……私のせい……だよね……」

「いや、まぁ……大丈夫だろ、多分。それにしても最後のアレ……春雨はびっくりしただろうな……。見た瞬間の春雨の顔……ものすごかったしな……」

最後のアレ……。

俺たちは最後の最後にちょっとした失敗をしてしまっていたのだ。

俺がプレゼントを渡《わた》そうとした瞬間、新井の『そろそろプレゼントを！』の号令に引っ張られてしまったのか、紙山さんもうっかりプレゼントを持っているつもりで俺を抱えたまま腕を前に出してしまったのだ。

その結果、春雨の視点でなにが起こったのかと言うと……。

夜中に目を覚ましたら本物のサンタクロースが部屋に現れた……かと思ったら眩しくて目も開けられないほどの閃光《せんこう》に目を焼かれ、それでもなんとかサンタと会話をしプレゼントを貰《もら》えそうになったところで、ぼんやりとしか見えていないサンタの輪郭《りんかく》から突然《とつぜん》、腕が四本にょきっと生えたということになる。

そりゃあんな顔にもなるか……。

俺はさっきのおどろいた春雨の顔を思い出し、もうしわけないような、それでもやっぱり少しだけ可笑《おか》しいような。そんな気持になっていた。

新井のせいおかげで多少変な方向へ話が転がったものの、一応は当初の計画通り、春雨のところに本物のサンタクロースが来てプレゼントを置いていくという計画は成功した。もちろん、帰りがけにコソッと母親の分のプレゼントも置いてきた。コッチは流石に寝室に入るわけにも行かないので、玄関《げんかん》にだけど。

俺は隣を歩く紙山さんの方を見るともなく見上げる。

紙山さんは寒さからか、それともさっきまでの緊張《きんちょう》が解けないのか、体をギュッと強張《こわば》らせたまま俺の隣を歩いている。

時折両手を口の前に持っていっては、寒さでかじかんだ手にふーっと息を吹《ふ》きかけ温めようとしていた。紙山さんの指の隙間から白い吐息《といき》が漏れる。

冷たい風が紙山さんの黒い髪《かみ》を揺《ゆ》らすと、堪《たま》らずマフラーに口元を埋《うず》める紙山さん。

そう……今の紙山さんは、紙袋《かみぶくろ》を被《かぶ》っていない。

春雨を起こす原因となった紙袋を床に落とした時から今に至るまで、紙袋を被り直す機会が無かったのだ。

紙山さんは素顔のままで春雨の家を後にし、素顔のままで今こうして俺と二人、誰もいない静かな夜の街を歩いている。

緊張の連続で被るのを忘れているんだろう。それなら教えてあげた方がいいよな……。

そう思い紙山さんの方を向く。

「あー……あのさ、紙山さん。もしかしてかみぶ――」

言葉の途中で紙山さんがこちらを向いた。

寒さで赤く染まった頬に、はらりとかかる黒い髪。口元から零れる白い息と、恥《は》ずかしさを必死に我慢《がまん》しているようなうるんだ瞳《ひとみ》……。

その眼《め》を見て、俺は気が付き言葉を止めた。

紙山さんは今、敢《あ》えて紙袋を被っていないのだ。

でもなぜ……。

俺の反応で察したのか、紙山さんはあわあわしながら両手をぶんぶんと振る。

「あああああの……あのね……。春雨ちゃんの部屋で紙袋が落ちちゃったでしょ……？

そ……それでしばらくは忘れてたんだ……被ってないの……。暗かったし……緊張してたし……。でも……全部終わって、小湊くんと二人になって……思い出したんだよ……？

でも……でもね……」

紙山さんはそこでいったん言葉を止めた。俺は紙山さんの言葉をじっと待つ。

紙山さんは恥ずかしさを我慢しながら、ゆっくりと……だけど、しっかりとした口調で続ける。

「でも……みんなで水族館に練習に行ったり、文化祭で小湊くんに助けてもらったり……。それに……春雨ちゃんがいいことしようとがんばってる姿を見て……わ……私もがんばらなきゃな……って……思って……。だから……だから今夜は……今夜だけはこのまま……わ……私もがんばってみようかな……って……」

そう言いながらじっと前だけを見て歩く紙山さん。

俺は、そっか、とだけ返すと並んで歩く。

紙山さんもずっと考え、そして、がんばろうとしてたんだ。

人間誰しもすぐに変わることなんてできない。時間が解決してくれることだってある。

ゆっくりで、いいのかもしれない。

紙山さんとふたり。夜の街を歩きながら俺は、いつだったか三雲に言われたことを思い出していた。

『小湊くんのやってること、全然普通でも平穏でもなくない？』

俺は、普通で平穏で平凡な日常を望んでいたはずだ。

会話部にいなければ、きっとこうして誰かの為《ため》にサンタになったり、文化祭で突然大声を出してレースを始めたり、他の部活とちょっと変わった練習試合をしたりすることもなかったはず。

それならなぜ、俺は……。

この、普通でも平穏でも平凡でもない日々のことを、俺自身はどう思っているのだろうか……。穏《おだ》やかな日々を過ごしたいという気持ちはこれっぽっちも変わっていない。

だけど――

俺はさっきの春雨の顔を思い出す。プレゼントをもらい、嬉しそうに涙をこぼした春雨。

隣《となり》を歩く紙山さんの顔を見る。緊張した面持《おもも》ちで前だけをじっと見て歩く紙山さん。

俺の気持ちか……今はいいや。二人のこの顔が見られただけで今は……。

こっちも、ゆっくりでいいのかもな。

そんなことを考えながらふと空を見上げ、そして思わず声を上げた。

「あ……見て、紙山さん……」

俺の視線の先を紙山さんも追う。紙袋を被っていない、素顔の紙山さん。

「あ……」

俺たちは、空を見上げると立ち止まった。

重く垂れこめていた雲から、雪がしんしんと音もなく降り始めていた。思わず吸い込まれそうになる。

しばらく雪を見上げていた俺たちは、どちらからともなく視線を合わせるとほとんど同時に口を開いた。

「メリークリスマス、紙山さん」

「メリークリスマス、小湊くん」

言っていてなんだか心の奥底《おくそこ》がくすぐったい気もするけど、こんな聖夜も悪くない。

空から舞《ま》い落《お》ちる雪が紙山さんの赤く染まった頬に落ち、音もなく溶《と》けていく。

紙山さんは頬に手をあてると、冷たい、と小さくつぶやいた。

「でも……私、雪って好き……だな……」

「あぁ……俺も嫌《きら》いじゃない……」

俺たちは雪の降る誰もいない街を、楽しく会話をしながら並んで歩いた。

紙山さんは分厚いマフラーに口元を埋め、落ち着かない様子で左右に視線を泳がせている。

俺はそれを微笑《ほほえ》ましく眺《なが》めながら白い息を吐く。

互《たが》いの白い息が混ざり合い夜空へと昇《のぼ》って行く。

空気は寒いし雪は冷たいけど、もしかしたらこれは、いい子にしていた俺たちに本物のサンタロースがくれたプレゼントなんじゃないかな……なんて、ちょっとくさすぎるかな。

まぁでも……今日くらいは別にいいよな。きっと。

■ 春雨さんと

今年も残すところ数日となったある日。

俺は、とある自動販売機《はんばいき》の前でぼおっと突《つ》っ立《た》っていた。

この場所に来るのも秋以来か……。

約束した時間通りここについてから、かれこれ三〇分。待ち合わせの相手はまだ来ていない。

『いまがんばって向かってるからもう少し待っててよね』

こんな連絡《れんらく》がスマホにあったのも大分前だ。まぁ、別に他に予定があるわけでもないし、なにより、呼び出したのは俺の方なのだ。もうちょっとだけ、師走《しわす》のせわしない街の様子をゆっくりと眺めているのも悪くないか……と思っていた矢先。

行きかう街の人波の向こうから、ゆっくりとこちらに近付いてくる人影が見えた。

その小さな人影は、おずおずと周りを気にしながらこちらへ近付いてくる。真冬だというのに短いスカートと、黒いセパレートタイツを穿《は》いた細い足。淡《あわ》いピンク色のコートにチェックのマフラー。

小さな人影は右に左に視線を向け、顔を真っ赤にしながらしきりに周囲を気にしている様子だった。

俺は片手を上げると、こちらに歩いて来る人影に声を掛ける。

「おーい、こっちこっち。急に呼び出して悪かったな、春雨」

春雨はこちらの声に気が付くと顔を上げ、真っ赤になった顔を更《さら》に赤くしながら俺のそばへと駆《か》け寄《よ》った。

「ご、ご、ごめんね、遅《おそ》くなって……あの……待った……？」

そう言って申し訳なさそうに俺の方を見上げた春雨は、落ち着かない様子で視線を彷徨《さまよ》わせている。寒さのせいか、それとも別の理由でもあるのか、両手を胸の前でギュッと握《にぎ》り合わせながらもう一度ごめんねと謝《あやま》った。

「いや、全然。三時間くらいしか待ってない」

待たされた分くらいはきっちりお返ししておこう。

「え？　さ、三時間？　ア、ア、アタシ、そんなに遅《おく》れちゃった？　だ、だって待ち合わせの時間は……」

「嘘《うそ》だけどな。ホントは少しだけ待った。けど、思ったよりは早かった」

「ちょっと！　一瞬信じかけたアタシがバカみたいじゃない！　まったくひどい男ね！ヒドミナトね！　ねぇ、あーちゃん。あーちゃんもそうおも……じゃなかった……えっと……と、とにかく！　待ってないなら……よ……良かったわ……」

春雨はもう一度両手を胸の前でギュッと握り、プイッと俺から顔を逸《そ》らす。

「そ、そ、それより……思ったより早かったたってどういう意味よ。ア、ア、アタシ……今日は結構遅れちゃったと思うんだけど……。ご、ごめんね……歩くの……緊張して時間かかっちゃって……」

春雨はそう言いながら、また自分の両手を所在なさそうに握った。そんな春雨の姿を見ながら、俺は答える。

「あぁ、いや。もしかしたらって思ってさ。もしかしたら今日は一人かもなって思ってたから」

俺はそう言いながら春雨の隣へと視線をやった。そこには、いつも一緒にいるはずのあーちゃんの姿は無かった。

春雨の隣には今、普段《ふだん》連れ歩いているあーちゃんはいない。

今日の春雨は一人で家を出て、一人でここまで歩いてきたのだ。春雨にとっては久しぶりに一人で歩く道。だから時間がかかってしまったのだろう。

「な、なんでそう思ったのよ……。べ、別にいいでしょ！　たまたま偶然《ぐうぜん》……き、今日だけ……！　そう、今日だけよ！　一人なのは……。あ……あのおかげで……ちょっとずつ……慣れて……きた……し……今日くらいは……って……」

最後の方は消え入りそうな声だった。俺に聞かせると言うよりも、自分自身に言い聞かせているような言葉。

──あのおかげで慣れてきた。

おそらく春雨は今、例のクリスマスプレゼントを思《おも》い浮かべているのだろう。俺たちがあの夜、春雨に用意したプレゼントのことを。

俺たちが春雨に贈《おく》ったプレゼント……それは、写真立てだった。

春雨の為にサンタになることを決めた俺たちは話し合い、春雨が若者に慣れていないというのなら、写真で慣れてもらおうと写真立てを贈ることにしたのだ。

そして、例の作戦を決行する数日前。俺はたまたま思いついた体を装って、一枚の写真を渡していた。水族館の帰り、偶然俺が撮《と》っていた三人ではしゃいでいる写真だ。

だから今、春雨の写真立ての中にはきっと、水族館で楽しそうにはしゃぐ三人の姿がおさまっているんだろう。それをたくさん眺めて慣れた……のかどうかは分からない。水族館でがんばる紙山さんを改めて思い出したのかもしれない。会話部のみんなでいいことをたくさんやって、自信が付いたのかもしれない。

本当のところは分からないけど、春雨なりに思うところがあったのは確かなんだと思う。だからこうして一人、ここまで来てみたのだろう。

普段はあーちゃんさんと繋《つな》いでる手を、手持無沙汰《てもちぶさた》そうにしている春雨に俺は返す。

「はいはい、まぁ俺は別に、お前が一人でも二人でも、どっちでもいいけどな」

「そ、そう……？　なら今度はあーちゃんとキッコと……あと、ゆっきーも連れて――」

「俺が悪かった二人までにしてくれ！　頼《たの》むから！　そ……それより、今日はお前に渡すものがあるんだ」

俺はポケットから小さな包みを取り出して、春雨の手の上のポンと乗せた。洋菓子《ようがし》店とかでよく見かける、中にお菓子《かし》を包んだ贈答《ぞうとう》用の洒落《しゃれ》た小さな包みだ。

「……なにコレ……。ま、まさかアンタからのプレゼント……？　な……なななななんでよ！」

春雨は視線を左右に泳がせてあわあわしだした。

俺は慌てて訂正《ていせい》する。

「違う違う。ソレ、学校に匿名《とくめい》で、俺たち宛《あて》に届いたんだって」

「なぁんだ違うの……。でも、アタシたち宛？　アタシたちって……会話部ってこと？」

「あぁ、終業式の日は部活なかっただろ？　お前らは先に帰っちゃってたけど、あの日、放課後に担任から呼び出されてさ。なんでも、俺たちに街で良くしてもらったとかで、お礼の手紙と一緒にソレが入ってたんだってさ。俺が代表して預かってたから、今日こうして渡して回ってるんだ。紙山さんと新井にはもう渡したから、それはお前の分」

　きっと、街に出て活動してた時に助けた誰《だれ》かだろう。その誰かが俺たちに感謝してくれて、制服を頼《たよ》りに学校を突き止《と》め、こうしてお礼をくれたのだ。

「そっか……わざわざありがと……。で、でも、よくアタシたちだって分かったわね……。なんで分かったのかしら……」

　手のひらの上の小さな包みを見ながら考え込む春雨。

　いや……紙袋を被った背の高い女の子とアニメ絵の等身大パネルを連れた女の子がいたと学校側に言えば、それはもうほぼ間違《まちが》いなく俺たちしかいないだろう……。他にいたらそれはそれで怖《こわ》いしな……。

　一応、これで今日の目的も終わった。

「それじゃ、用事も終わったから俺は帰るぞ。お前の方こそわざわざありがとな、ここまで出てきてくれて」

　そう言って帰ろうとした俺の服の裾《すそ》を春雨が掴《つか》んだ。

「…………ま……」

春雨は服の裾を掴んだまま顔を伏《ふ》せ、小さく震《ふる》えている。

「……ま、待ってよ。せ、せ、折角《せっかく》ここまで呼び出しておいて、こ、これで終わり……？

あの……ア、ア、アタシまだ……ほんのちょっとだけなら……じ、時間が……あるん……だけど……？」

春雨の言う通り、折角出てきてもらって直《す》ぐ解散ってのも芸がないか。このまま帰っても特に用事もないしな。

「あぁそっか、俺も別にこの後なにもないし……どこかでお茶でも飲んでくか？」

俺がそう言うと、春雨は伏せていた顔を上げ照れくさそうに微笑んだ。

「じゃー……どこ行くかな。この辺の店、俺あんまり知らないし……まぁ適当に歩けばなにかしらあるか。それじゃ行こうぜ」

そう言って歩き出そうとすると、春雨は急に大きな声を出した。

「ま、ま、待ちなさいよ小湊！　あ……あの……あのね……。アタシ、今日だけたまたま、ここまで一人で来たのよ……？　今日だけよ……？」

「あぁ、見れば分かる」

「だから……その……今日だけたまたまあーちゃんと手を繋いでなくって……」

「あぁ、それも見れば分かる」

なにが言いたいんだろうか。

俺がしばらく考えていると、春雨は、今まで見た中でも一番顔を真っ赤にして恥ずかしそうに下を向き、短いスカートの裾をギュッと握る。

「だ……だから、まだちゃんと慣れるまでは……手……誰かと繋ぎたくって……。き……今日だけ……」

そう言うと、スカートを握っていた両手を離し、身体の前で指先をちょんちょんとくっつけたり離《はな》したりしている。

なにを言い出すかと思えば……。

でもまぁ——

春雨にとっては久しぶりに、本当の意味でのひとりでの外出だったのだ。ここまで来るのだってそうとう緊張したんだろう。これでもきっと、春雨にとっては進歩……なんだと思う。

それなら。がんばったねぎらいに手くらい……と、右手を差し出そうとした矢先。

「ダ……ダメ……？　ア、ア、アタシだってがんばってるんだから……！　そ、そ、それなら……こ……これは……？　どう……？」

春雨はそう言うと、左手で前髪をかきあげおでこをこちらに見せてきた。

「な、なんだ突然……。おでこがどうかしたか?」

恥ずかしさを顔いっぱいに滲《にじ》ませながら、上目づかいで俺の目をじっと見つめる春雨。

「こ、こ、これなら……どう……? ほ、ほら……! 見なさいよ! 見なさいってば!」

「いいからちょっと落ち着けって……。なにやってんだ?」

「わ、わ、分っかんないわよアタシにだって! どうしたらいいのよどうにかしなさいよ! 見てよ! 見えるんだから! アタシなら見せられるんだから!」

「だからなにが見せら――」

なにが見せられるんだ、と質問を口にしながら気が付いた。

『アタシなら顔が全部見せられる』

春雨は、そう言いたいんじゃないだろうか。

どこで張り合ってんだまったく……。

左手で前髪をかきあげ、右手でスカートの裾をギュッと握り、今にも恥ずかしさでどうにかなってしまいそうな様子の春雨。全身で恥ずかしいと叫んでるみたいだった。

見当違いもイイトコだけど、これが本当の本当に精一杯なんだろう。

そんな姿があまりにも春雨らしくって、俺は思わずこう言ってしまった。

「今日だけだからな…………ほら」

春雨の方へと手を伸《の》ばすと、春雨は俺の手をキュッと握った。

真冬の冷たい空気の中、春雨の体温が手のひら越《ご》しに伝わってくる。

今日だけたまたま、あーちゃんさんと手を繋いでいないのだから仕方ない。春雨が慣れるための一環《いっかん》だと考えればこれくらい。

俺は春雨の手を取りながら、師走の街へと歩きだした。


道すがら。春雨はさっき俺が手渡した小さな包みを眺めると呟いた。

「こんなもの届けてくれるなんて……なんだか嬉しいわね。クリスマスプレゼントをもうひとつ貰ったみたい……」

「そうだな、もしかしたら街で俺たちがいいことをした人の中に、本物のサンタがいたのかもな」

するとと春雨は、なにかを思い出したような仕草で俺の顔を見上げる。

「……そうだ！　小湊にイイコト教えてあげるわ。これは誰も知らない情報よ……」

春雨は俺を見上げると、まるで小さな子供のような、不安なことなどなにひとつなさそうな純粋な瞳で笑った。

「アンタにだけ……と、特別なんだから……。あ……あのね……本物のサンタクロースってね……腕が四本あるのよ！」

俺は、初めて聞くビッグニュースに胸を躍らせながら春雨と二人、街を歩く。

人がせわしなく行きかう十二月の雑踏。冷たい空気。あったかい手のひら。

こんな年の瀬も悪くないよな。多分。

あとがきにかえて

「それにしても…………あの子たち、なんだったんじゃろう……」

夜の迫る人のいない公園で、恰幅のいいおじいさんが空を見上げていた。

口元の、真っ白で立派なヒゲが冷たい冬の風に揺れる。

「アイツとの待ち合わせに遅れそうになって急いでいたら、突然声を掛けてきてくれて……。ありがたかったんじゃが……でも、なんであの子、この袋を持てたんじゃ……」

おじいさんの足元には、とっても大きくて、ヒゲと同じくらいに真っ白な袋がひとつ。

おじいさんは足元の袋に手を掛けると、グッと持ち上げた。

何かがぎっしりと詰まっていて見るからに重そうな袋がゆっくりと持ち上がる。

「やっぱり、こんなに重い……。普通の人間には……ましてや女の子にはとうてい持てない重さなのに、あの子……あんなに軽々と……。それに――」

おじいさんは先ほど出会った四人の若者の姿を思い返す。

「――なんであの子、紙袋なんて被っとったんじゃ……。アニメのパネルを連れた子に、ずっと笑顔だけどなんか圧が凄い子もいたし……。男の子だけは普通に見えたが、彼もどこか変わってたりするんじゃろうか……」

おじいさんの口元から漏れた白い息が、灰色の空に昇って行く。

「……まぁ、細かいことはいいか……なんせ、今日はクリスマスイヴだ。あの子たちのおかげで待ち合わせの時間に間に合ったし、今年の配達もなんとかなりそうじゃ」

おじいさんは優しそうな笑顔でつぶやくと、もう一度空を見上げた。

すると、視線の先。遠くの空に、主のいないソリとなにやら大きな動物が見える。

「おーい、ここじゃここじゃ……おお寒い……。この分だと今夜は雪かな？」

おじいさんは大きな体をブルッと震わせながら、空飛ぶソリに向かって手をふった。

空飛ぶソリが近付いてきて、辺りに微かな鈴の音が響く。

「そうじゃ……今年の配達が終わったら、あの子たちにお礼をしてあげんとなぁ。ちょっと変わってはいたがいい子たちだったし、何かおもちゃでも……っていう歳でもなかったか。怪しまれないような何かを考えておこうかのう。……やれやれ、今年は仕事がひとつ増えたわい」

おじいさんは嬉しそうに目を細めながら、ポケットから白いふわふわの縁取りがついた真っ赤な帽子を取り出すと、ゆっくりと頭に被った。

と、いう事で本物のあとがきです。

二巻でも色々とお世話になった編集のK様。
またまた素敵なイラストを提供していただいたｎｅｒｏｐａｓｏ様。
この本に係わっていただいた関係者のみなさま。

そして、この本を手に取っていただいたあなたへ。

本当にありがとうございます。
またお目にかかれる日を楽しみに。それでは！

江ノ島アビス

元カノ先生は、ちょっぴりエッチな家庭訪問できみとの愛を育みたい。1

著者/猫又ぬこ
イラスト/カット

先生、俺を振ったはずなのにどうして未練まる出しで誘惑してくるんですか!?

二連続の失恋を食らった俺の前に元カノたちが新任教師として現れた。二人とも、俺が卒業するまでは教師らしく接すると約束したのだが……。「ねえ、チューしていい?」「私との添い寝、嫌いになったの?」ふたり同時に抜け駆け&通い妻としてこっそり愛を育もうとしてきて――!?

HJ文庫 http://www.hobbyjapan.co.jp/hjbunko/
918

紙山さんの紙袋の中には 2

2021年3月1日　初版発行

著者――江ノ島アビス

発行者―松下大介
発行所―株式会社ホビージャパン

〒151-0053
東京都渋谷区代々木2-15-8
電話　03(5304)7604（編集）
　　　03(5304)9112（営業）

印刷所――大日本印刷株式会社

装丁――BELL'S GRAPHICS／株式会社エストール

定価はカバーに明記してあります。

Printed in Japan

ISBN978-4-7986-2415-0　C0193

ファンレター、作品のご感想
お待ちしております

〒151-0053　東京都渋谷区代々木2-15-8
(株)ホビージャパン HJ文庫編集部 気付
江ノ島アビス 先生／ neropaso 先生

アンケートは
Web上にて
受け付けております

https://questant.jp/q/hjbunko

- 一部対応していない端末があります。
- サイトへのアクセスにかかる通信費はご負担ください。
- 中学生以下の方は、保護者の了承を得てからご回答ください。
- ご回答頂けた方の中から抽選で毎月10名様に、
HJ文庫オリジナルグッズをお贈りいたします。